詩が生まれるとき書けるとき

―だれにでもできる楽しい詩のつくり方―

白谷明美　著

はじめに

私の住んでいる水の街柳川は、国民的詩人北原白秋のふるさとです。毎年十一月一日～三日まで北原白秋を偲ぶ白秋祭を柳川市民挙げて行っています。しかし、なんといっても、その中心は、十一月二日（白秋の命日）に午前十時より白秋詩碑苑で行われる献詩を捧げる式典でしょう。

『帰去来』碑前で白秋祭

〔柳川〕詩人、北原白秋をしのぶ二十七回めの〝白秋祭〟は、命日にあたる二日午前十時から白秋生家に近い柳川市矢留本町の白秋公園にある『帰去来』碑前で行われ、生家復元祭出席のため西下した白秋の長男隆太郎氏（四七）、実弟義雄氏（七三）や詩人、歌人、作家ら三百人が集まった。

白秋が郷里柳川をしのんで作った『帰去来』の歌を柳川商高コーラス部員が合唱

する中で隆太郎氏、古賀杉夫柳川市長らが、生前白秋がこよなく愛した地酒を詩碑に注いだ。
このあと西日本新聞社後援で募集した『献詩』で一席に入選した福岡県山門郡大和町豊原小学校二年、横山かずとし君と同県遠賀郡遠賀町遠賀中学校二年、吉永由美子さんが『こころのたまご』『十三歳の手の中に』をそれぞれ碑前で朗読した。

（昭和四十四年十一月二日の西日本新聞より）

一席　こころのたまご

小二　横山かずとし

こころは　たまごをうむ
おつきさまのようなたまご
しずかな　やさしいたまご
石をぶつけても
せんしゃでうっても
われないたまご

ころころ　ころころ
せかいじゅうを　ころげまわる
たまご

たまごが　ころげていったみちに
小さな
つゆくさが　さく。

白秋祭の児詩献詩

本年度の白秋祭は、生家復元記念として一日から三日まで、多彩な行事を繰り広げている。式典は二日、詩碑前で行われたが、福岡県下から募集した、小・中学生の児童献詩も行われた。

献詩は詩碑建設とともに始められ、一昨年からは福岡県詩人会が後援、審査にあたっている。応募編数は年々ふえ、本年度は小学生千三百六十九編、中学生八百三十九編の多きに達している。

審査は去る十月二十六日、県詩人会の丸山豊氏らにより行われたが、本年度の特徴として二、三年前までの生活詩や単なる願望の感想文めいた作品が少なくなったのが注目される。小学生の部の特選となった山門郡大和町豊原小学校二年生の横山かずとし君の作品など、現代っ子らしい感覚とタッチで空想力ゆたかな詩的世界を展開している点、驚異に値する。

こころは　たまごをうむ／　おつきさまのようなたまご／しずかな　やさしいたまご／石をぶつけても／せんしゃでうっても／われないたまご――（略）たまごが　ころげていったみちに／小さな／つゆくさが　さく。

児童詩の新しい傾向を示すものといえようが、これについて丸山豊氏は『最近の生活水準の向上が、このような空想力ゆたかな作品を書かしめるのでしょう。それにしても、これまで指導した先生の努力も大へんなものと考えられ、今後がたのしみです』と語っていた。

（昭和四十四年十一月二日の西日本新聞「風車」より）

献詩を朗読する横山君

上の写真は、昭和四十四年（白秋生家復元の年）の十一月二日、白秋詩碑苑の前で献詩一席「こころのたまご」を朗読する横山君です。当時、担任だった私は、横山君の朗読を胸をどきどきさせながら聞いていました。今から四十年前のことです。当時、献詩の募集は、小・中学生対象で福岡県内からの応募でした。しかし、その後、募集対象は、小・中学生・高校生・一般の部と広がりました。応募範囲も日本全国四十七都道府県は、言うに及ばず、外国からも応募がくるようになったそうです。このことは、国民的詩人、白秋を偲ぶのにふさわしいばかりでなく、詩が、いつでも、誰でも、どこででも、つくれる親しいものになってきた証とも言えましょう。

みなさんも、北原白秋先生のようにことばで遊ぶ楽しみ、詩的ことばをとらえる楽しみ、詩的ことばを伝え合う楽しみを味わってみませんか。

―白秋の詩歌の母体である柳川にて―

第二章　詩が書けるとき

第一章　詩が生まれるとき

1　ことば遊び

(1)かくしことば

しき折々
ラッキーなことを想いめぐらし
たいくつなんてどこふく風
にこやかに暮し
あっさりとして
けっこう好きな詩づくりを続けて早四十年
みなさんと出会えて　とっても幸せ
　どうぞよろしくお願いします。

さて、私の名前は何でしょう。

しらたに　あけみ　？

そうです、白谷明美《しらたにあけみ》。音読みでは、白谷明美《ハクコクメイビ》と申します。どうぞよろしくお願いします。

①自己紹介

さあ、皆さんも、自分の名前をかくしことばにして自己紹介をしてください。

かっぱつで
ねっから良いやつ
みんなのアイドル
っていうのはジョーク
ユーモアもありますが
うそもつきます
やぁ　よろしく
　　金光祐弥（大学生）

ないすがいで
かしこく
むりなことでも挑戦し
らくな道は選びません
てれることも時にはありますが
つめたい目で見ず
やさしくしてね
　　中村哲哉（大学生）

K大学での講義開きの時の自己紹介です。

さわやかに
かっこつけて
もっともっと
ともだちつくって
かん動しながら
ずうーっと
こどもの心を持ち続けたいです
坂本和子（安東省菴子ども塾生　祖母）

いままで
まなんできたことを
むだにせず
らくなことばかり考えず
たくさんのことを学んで
つよい心を培《つちか》うために
やっぱり今年も安東省菴子ども塾に通います
今村辰也（安東省菴子ども塾生　父親）

いつも
まなんで
むりなこともがんばる
らくなこともするけど
ゆうきをもって
きれいな心をそだてます

これからもよろしくおねがいします
今村有紀子（安東省菴子ども塾生　小二）

こりゃ　こまった
がっこうでも　あんまり勉強してなくて
ひしひしと不勉強を悔やむことしきり
さみしいかぎりではあるが
おしまいにはしたくないなー
これからも命あるかぎり頑張《がんば》っていきましょう
古賀久男（安東省菴子ども塾生　祖父）

安東省菴《あんどうせいあん》子ども塾開講日の自己紹介です。皆さんたちも、はじめての出会いの日、名前を冠にして自己紹介してみたらどうでしょう。詩をつくる楽しみと伝える楽しみの両方を味わうことができますよ。

※安東省菴《あんどうせいあん》子ども塾

安東省菴（一六二二〜一七〇一）は、お金や名誉には目もくれないで、ひたすら学問の道に生き、柳川藩の学問と教育の基礎をつくった儒学者。

安東省菴顕彰会では、月に一回、祖父母、父母、子ども三代からなる世代で古典の素読・詩づくり・体験活動を通して安東省菴の学問の心を学び合う子ども塾を開いている。著者は会の事務局長をしている。

⑵なかまことば

①お経

（　　）阪田寛夫

電車馬車自動車
人力車力自転車
交通地獄通勤者
受験地獄中高生
合唱練習土曜日
空腹帰宅晩御飯

（「夕方のにおい」ジュニアポエム シリーズ 銀の鈴社）

まず、読んでみましょう。

　電車　馬車　自動車
　人力　車力　自転車
　　…

どんな言葉がどんなふうに集まっていますか？
なかま言葉が二字、二字、三字の熟語で集まっています。
そうですね。
では、「指」で集めたら？
　親指　中指　人差指
「雲」で集めたら？
　雨雲　綿雲　入道雲

その調子、その調子。では、自分でもっとたくさん集めて詩にしてみましょう。

直球　速球　変化球
漢字　数字　漢数字
親指　中指　人差指
高校　大学　大学院
動詞　名詞　形容詞
九州　四国　北海道

小五　小林悠太

うまい、うまい。熟語を集めるだけで詩が生まれましたね。では、もう一度、阪田寛夫さんの詩を読んでみましょう。
四拍子をとり、木魚をたたくように机をたたいて読んでみましょう。

電車《でんじゃあ》　馬車《ばじゃあ》　自動車《じいどうじゃあ》
人力《じんりき》　車力《しゃありき》　自転車《じいてんしゃあ》
交通《こうつう》　地獄《じいごく》　通勤者《つうきんしゃあ》
受験《じゅうけん》　地獄《じいごく》　中高生《ちゅうこうせい》
合唱《がっしょう》　練習《れんしゅう》　土曜日《どうよう　び》
空腹《くうふく》　帰宅《きいたく》　晩御飯《ばんごうはん》

さて、この詩の「題」は何でしょう。

「お経？」

ピンポン、そうです。「お経」です。

皆さんの作った詩もお経にして読んでみて下さい。

きっと御利益がありますよ。

お経
小五　高椋海斗

三角　四角　長方形
大雨　台風　大洪水
浦島　太郎　竜宮城
整理　整頓　几帳面
勉強　宿題　超地獄
応援　体操　運動会

お経
小五　相浦彩花

保健　体育　外国語
花見　花園　花言葉
紅茶　麦茶　日本茶
魚類　貝類　甲殻類
商業　農業　水産業
緯度　経度　等高線

お経
小五　田中琴乃

毎日　起床　朝御飯
運動　体操　体育館
合唱　合奏　音楽室
先輩　後輩　同級生
白人　黒人　外国人
日本　名所　観光地

お経
小五　安永妃那

虫籠　鳥籠　金魚鉢
人類　鳥類　爬虫類
主語　述語　形容詞
会話　英語　共通語
日本　名所　観光地
柳川　船頭　白秋祭

---

② 一口お笑い

お湯を沸かすものはヤカン・・
なかなかお湯が　ワカン・・
このヤカンは　スカン・・
もしかしてきみはチカン・・

大砲の音　ドカン・・
びっくりして　ポカン・・
寒気がして　オカン・・
もうこの世は　アカン・・

カンを集めて面白いオチをつけた一口お笑いです。

誰でも、どこでもできるお笑いです。

です
小五　中村孔明

お休みです
たいくつです
遊びたいです
でも宿題いっぱいです

ちり
小五　樋口裕紀

あなた　もっちり
君　かっちり
ぼく　きっちり
我《わが》グループ　バッチリ

さい
小五　重松可菜

やさい
たべなさい
うるさい
じゃあ　のこしなさい
ごめんなさい

たね
井上彩（大学生）

飲んだね
酔ったね
さわいだね

明日はきっと二日酔いだね

たい
福本寛之（大学生）

たい
いたい
たいりょうたい

たいの気持ちはつらかたい

ちゅう
柿原克美（大学生）

害ちゅう
防ちゅう
昆ちゅう

捜索ちゅう

なし
市川亮介（大学生）

知恵もなし
お金もなし
名誉もなし

でも心配もなし

とって
一宮麻衣（大学生）

お茶取って
たばこ取って
タオルとパンツ出しとって

自分でしとって

皆さんも作ってみませんか。
笑いが起こったらグーです。

(3) ようすことば

① 「兎《うさぎ》」を「うなぎ」にしたら

「北原白秋」の童謡「うさぎの電報」が、「うなぎ」だったら？

兎《うさぎ》の電報《でんぽう》
北原白秋

えっさっさ、
　えっさっさ、
ぴょんぴょこうさぎが、
　えっさっさ、
郵便《ゆうびん》はいたつ、
　えっさっさ、
とうきびばたけを、
　えっさっさ、
ひまわりかきねを、
　えっさっさ、
両手《りょうて》をふりふり、
　えっさっさ、
わきめもふらずに、
　えっさっさ、
「電報《でんぽう》。」「電報《でんぽう》。」
　えっさっさ。

（北原白秋のうたの絵本　北原白秋生家保存会）

小二　つむらそうや
にょ〜ろにょ〜ろ
　にょ〜ろにょ〜ろ
くねくねうなぎが
　にょ〜ろにょ〜ろ
わかめはいたつ
　にょ〜ろにょ〜ろ
うにばたけを
　にょ〜ろにょ〜ろ
さんごかきねを
　にょ〜ろにょ〜ろ
ひれをふりふり
　にょ〜ろにょ〜ろ
ひれのまんなかふらずに
　にょ〜ろにょ〜ろ
電ぽう電ぽう
　にょ〜ろにょ〜ろ

「うさぎ」を「うなぎ」にしたら全く違った「ようすことば」になり、全く違った詩《うた》が生まれましたね。

二人でかけ合いで読むと「うなぎ」になった気分を味わえますよ。

さあ、皆さんも「ようすことば」を見つけて、かけ合い気分を味わってみましょう。二人で作ってかけ合いをすれば、もっと楽しくなるでしょう。

②二人でかけ合い

おさるの木のぼり

小五　井本夏紀・天野桃香

ウッキッキー
ウッキッキー
おさるが木のぼり
ウッキッキー
バナナをめがけて
ウッキッキー
木から木へと
ウッキッキー
すりすりすりすり
ウッキッキー
もうすぐバナナだ
ウッキッキー
ついたぞついたぞ
ウッキッキー
うまいぞバナナ
ウッキッキー

ホタルのマラソン

小五　皆森理沙・河野太一

ふわふわパ！
　ふわふわパ！
ぴかぴかホタルが
　ふわふわパ！
一位をめざして
　ふわふわパ！
北川とおって
　ふわふわパ！
あゆにあいさつ
　ふわふわパ！
ゴールはすぐそこ
　ふわふわパ！
一位だ一位だ
　ふわふわパ！

鮎のさんぽ

小五　花谷周平・小谷汐莉

すーいすい
　すーいすい
親子でいっしょに
　すーいすい
よりみちしながら
　すーいすい
流れにのって
　すーいすい
おびれをうごかし
　すーいすい
楽しくいっしょに
　すーいすい
家に帰るぞ
　すーいすい
今日はつかれた
　すーいすい

へびのお散歩

小五　井本涼花・澤野紗歩

く～ね　くね
　く～ね　くね
にょろにょろへびが
　く～ね　くね
お日様キラキラ
　く～ね　くね
小道をまがって
　く～ね　くね
山道どんどん
　く～ね　くね
どんどん進むよ
　く～ね　くね
ちょうじょう目指して
　く～ね　くね
「お散歩」「お散歩」
　く～ね　くね

にわとりのあいさつ

小五　富山花恋・松尾修三

コケコッコー　コケコッコー
朝です　朝です
　コケコッコー
太陽　おはよう
　コケコッコー
草木よ　おはよう
　コケコッコー
楽しい　朝です
　コケコッコー
出会いの朝です
　コケコッコー
おはよう　おはよう
　コケコッコー

ホタルのさん歩

小五　一宮佳代・井本雄士

ピカピカピカ
　ピカピカピカ
さいしょは一ぴき
ピカピカピカ
そのうち二ひきで
ピカピカピカ
あれあれ五ひきで
ピカピカピカ
いつのまにか八ひき
ピカピカピカ
とうとう十ぴき
ピカピカピカ

「ホタルのさん歩」は一ぴき二ひき五ひき…十ぴきとホタルが増えるごとに読む人も一人二人五人…十人と増やしていく群読をしたら、楽しさも倍加していくでしょう。

⑷ことばのちがいくらべ

「はら」から思い浮かぶことはどんなこと?

「でべそ」「腹いっぱい」「メタボ」「たいこ腹」「腹芸」

「ばら」から思い浮かぶことはどんなこと?

「真っ赤なばら」「トゲトゲ」「痛い」「花束」「美しい」

「はら」と「ばら」は、濁点のちがいだけなのに、意味は全く違うことばですね。

そんなことば知っていますか?

知ってる、知ってる。

「かき」と「かぎ」「さる」と「ざる」「ぶた」と「ふた」……。

では、「ちがいくらべ」詩を読んでみましょう。

ちがいくらべ
まど・みちお

はら　すべすべ
ばら　とげとげ
はち　ぶんぶん
ばち　ぺんぺん
はけ　もしゃもしゃ
はげ　つるり
はく　げえげえ

「けむり」と「ねむり」
まど・みちお

「けむり」と「ねむり」は
たにんのようで　みうちのようで
「けむり」は　かるい
「ねむり」は　おもい
「けむり」は　ひげぼうぼう
「ねむり」は　ずんべらぼう
「けむり」は　ときたま　ゆうびだが
「ねむり」は　のべつ　たわいない

はぐ　べろり
はす　ぽっかりで
ばす　ぶーぶー
はは　おっぱいで
ぱぱ　かんぱい
はか　しんでから
ばか　いきているうち
――はいはい　ばいばい
（まど・みちお詩集5「ことばうた」銀河社）

「けむり」は　かぜに　のって
そらへと　のぼり
「ねむり」は　ゆめに　のって
ふかみへと　おちていく
そして「けむり」は
「いま」しかないが
「ねむり」には
あたらしい「あした」も
で「けむり」と「ねむり」を
つなぎとめるのは
まあ　「むり」か
（まど・みちお詩集5「ことばうた」銀河社）

自分の好きな書き方でちがいくらべをしてみましょう。

ちがいくらべ
小五　中村孔明

かげ　のびのび
がけ　ぐらぐら
こけ　ぬるぬる
こげ　カリカリ
ビル　たかだか
ビール　ごくごく
かき　あかあか
がき　ちびちび
ぶた　ぶひぶひ
ふた　かたかた

ちがいくらべ
小五　安永妃那

びくっ　おどろき
ひくっ　しゃくり
くきっ　おれた
ぐきっ　いたい
また　あした
まだ　まって
くう　空
ぐう　お腹《なか》

ちがいくらべ
古賀亮（大学生）

かき　むしゃむしゃで
かぎ　がちゃがちゃ
かく　かりかりで
かぐ　くんくん
かし　ぽりぽりで
かじ　ぼーぼー
かこ　いっぱいで
かご　あふれる

ちがいくらべ
佐保優輝（大学生）

うみ　ぷかぷか
うし　のろのろ

すし　ぱくぱく
すす　げぼげぼ

ライト　ちらちら
けいと　ふわふわ

タバコ　ぷかぷか
タイコ　どんどん

ノート　開いたり閉じたり
ニート　起きたり寝たり

ロケット　外へ
ポケット　中へ

恋と鯉
徳永知秀（大学生）

鯉　スイスイで
恋　ドキドキ

鯉　パシャパシャで
恋　バンバン

鯉　釣られて
恋　逃げられて

ガックリ　無念

ゆめとあめ
築地原正浩（大学生）

ゆめはおしまい
あめはおいしい

ゆめはかなって
あめはかう

ゆめみたら
あめみつける

ゆめもあめも
人を笑顔にする

あめとかめ
松崎紗綾香（大学生）

あめ　ぽつぽつで
かめ　のろのろ

あめ　ざーざーで
かめ　のしのし

あめ　さらさらで
かめ　とことこ

あめ　ながれて
かめ　大きくなって
どちらも海へさようなら

ことばのちがいを集めて並べるだけで楽しい詩が生まれましたね。生まれた詩は、読み方を工夫して、まわりの人に伝えていきましょう。そうすれば、また、作ってみたくなりますよ。

2 イメージ遊び

(1)「あのね」さがし

①あのね　ゆめの中ではね

（　　）のゆめ
あのね　ぼく
ゆめのなかでは、ね
ひかりのように　はやく
はしるんだよ
（のはらうたⅡ「くどうなおことのはらみんな」童話屋）

だれのゆめでしょう？
「もぐらのゆめ」かな？
もぐらになって読んでみてごらん。

（もぐら）のゆめ
あのね、ぼく
ゆめのなかでは、ね
ひかりのように　はやく
はしるんだよ

いいですね、もぐらは走れないから、光のように早く走りたいと思っているでしょうね。

（かたつむり）のゆめ
あのね、ぼく
ゆめのなかでは、ね
ひかりのように　はやく
はしるんだよ

ぴったりですね。かたつむりは、のろいから、きっと、光のように速く走りたいと思ってるでしょうね。作者の「くどうなおこ」さんも「かたつむり」ですって……。

みなさんも、「あのね　ぼく／ゆめのなかでは、ね」をつくってみてね。

ボールのゆめ　　小二　下川まさのぶ
あのね　ぼく
ゆめのなかでは、ね
西アフリカまで　とんでいって
世界の人たちと

キャッチボールするんだよ

ぞうきんのゆめ
小二　吉村なつみ

あのね　わたし
ゆめのなかでは、ね
うちゅうに　行って
星をふいてあげたのよ
そしたら
星はピカピカ光ったよ

きりんのゆめ
小二　安永有那

あのね　わたし
ゆめのなかでは、ね
首をのばして
ちきゅうのうえの
えさを　たべるんだよ

とびうおのゆめ
小二　高さきなな

あのね　わたし
ゆめのなかでは、ね　ずうっと
海からとんで
空までいって
いつも雲の上で
のんびり　おひるねしたり
くものアイスクリームをたべたり
してるんだよ

えんぴつのゆめ
小二　進藤あかね

あのね　わたし
ゆめのなかでは　ね
ながれぼしのように　はやく
はしるんだよ
まいにち
ちきゅうを　七しゅうする
さんぽをしてるんだよ

②あのね「むかしのおれ」はね

あめひでき君の書いた詩を読んでみましょう。

あめひでき
むかし　おれ
（　　　）
だった

あめひでき君ははむかし、何だったといっているでしょう。

雲だった　ブー
雪だった　ブー
水だった　ブー
氷だった　ブー

あめひでき君（作者は「くどうなおこ」さん）はね。

むかし　おれ
（りゅうの　めから
ぽとりと　おちた
なみだ）だった
（のはらうたⅢ「なみだ」より「くどうなおことのはらみんな」童話屋）

ですって……。
ええっ　うそでしょう。
でも、おもしろいですね。
みなさんたちも、いろいろなもののおもしろい「むかし」をつくってみましょう。

月
小二　中村孔星
むかし　おれ
丸い
だんごだった

光
小二　みやもとかな
むかし　おれ
王さまがもっていた
にわとりの心だった

魚

小二　大くぼりょうや

むかし　おれ
空たかくとべる
鳥だった

鳥

小二　いりべひろと

むかし　おれ
おもちゃの
とりだった

では、どうして、今のおれになったか、「つづき」を書いてみましょう。

魚

小二　大くぼりょうや

むかし　おれ
空たかくとべる
鳥だった
鳥は

夕方になると
海にとびこんで行った。
一どだけ
およいでみたかったから、
海にもぐって
羽をはずして
うろこをつけた
そして、鳥は
魚になった。

鳥

小二　いりべひろと

むかし　おれ
おもちゃの
鳥だった。
おもちゃの鳥は、すてられて、
おこって、
顔とくちばしと羽ができて、
つぎの日には、
体と足ができていたから、
まっさきにすてた人の

いえにいって
すてた人をつついたら
もとにもどらなくなって
いまの鳥になった。

「いつかきっと」どうなるのか、さらに続けてみましょう。

月

小二　中村孔星

むかし　おれ
丸い
だんごだった。
だんごは
お月見の日
鳥がくわえていった
だんごは
空までいって
くわえられたから
おこって
どんどんどんどん
大きくなって
月になった
でも、いつかきっと
太ようの火が
ぽとっと
おちて
ぼあっともえて
太ように
なるでしょう

光

小二　みやもとかな

むかし　おれ
王さまがもっていた
にわとりの心だった
心はさびしいので
だれかとお友だちになりたくて
そっとにわとりの
体からでてきて
空にとんでって
空からみんなに

光をわけて
光になった
でも、いつかきっと
まん月の月になるでしょう
まん月の月は光をつくるでしょう

どうですか。「ゆめの中」とか「むかし」とか「未来」とか、空想したり、想像したりできる場では、とっぴなイメージがぽんぽんと生まれてくるでしょう。そのイメージをつないでいくとおもしろい詩になりますね。

でも、おもしろければ、いいというものではありません。

「とっぴ」で「おもしろく」て「なるほど」と思わせるイメージがいいのです。読む人に、まず、「えっ」とびっくりさせて、読み終わったら「なるほど」とうなずかせる、そんなイメージをキャッチしてことばにしましょう。

(2)問いかけ応答遊び

5×5の答はいくつですか?

25／25／25／25／25

答は一つですね。では、星はどうしてピカピカ光るのですか?

光と光がぶつかったから。
夜のやみに迷子にならないように。
宇宙人の子どもが円盤を操縦してるから。
ピッカピッカの一年生だから。

みんな答えがちがいましたね。どの答えが一番気に入りましたか。

「ピッカピッカの一年生だから」です。

では、次の問いに、みんなから気に入ったといわれる答えを書いてみましょう。

川

谷川俊太郎

母さん
川はどうして笑っているの
太陽が川をくすぐるからよ

母さん
川はどうして歌っているの

（A　　　　　　　　　　　）
母さん
川はどうして冷たいの
いつか雪に愛された思い出に
母さん
川はいくつになったの
（B　　　　　　　　　　　）
母さん
川はどうして休まないの
それはね海の母さんが
川の帰りを待っているのよ
（谷川俊太郎詩集「地球へのピクニック」ジュニアポエム シリーズ　銀の鈴社）

気に入った答えが見つかりましたか？
作者の答え
（A雲雀《ひばり》が川《かわ》の声《こえ》をほめたから）
（Bいつまでも若《わか》い春《はる》とおないどし）
では、みなさんも問いを見つけて、気に入った答えをさがしてみましょう。

天気　　小二　深松はるか

かあさん
なぜ天気になったり
雨になったりするの
それはね、
お日さまが　おでかけしたり
雨さんが　おでかけしたり
するからよ

こころ　　小二　今村ゆき子

なんで　人げんは
わらったり
ないたり
おこったりするの
それはね
こころの空に
お日さまが出てきたり

雨がふったり
かみなりがおちたり
するからよ

海

梅野やよい（大学生）

母さん
海ってどうしてこんなに青いの
みんなの悲しみうつしたから

母さん
海ってどうしてこんなに広いの
みんなの涙をためるため

母さん
海ってどうしてこんなに輝くの
みんなの喜びが　うれしいのよ

母さん
海ってどうしてこんなに静かなの
みんなの声が聞きたいから

母さん
海ってどうしてこんなに深いの
あなたの心が入るように

なみだ

井上彩（大学生）

なみだは
どうして　からいの
心が荒れて傷だらけだから

なみだは
どうしてあたたかい
あの人を想い続けているから

なみだは
どうしてすきとおる
心の底まで見えるように

(3)もしも遊び

①もしも、あめのかわりに

もしも、あめの　かわりに　村山籌子《かずこ》
(ア　　)だの
(イ　　)だの
(ウ　　)だのが　ふってきたら
まあ、
どんなに(エ　　　)でしょうね。
そして、
それが、
いくにちも
いくにちも
ふりつづけたら、
(オ　　　　　　　)
(「リボンときつねとゴムまりと月」村山籌子作品集1／JULA出版局)

ア　ねこ　イ　いぬ　ウ　ねずみ　エ　おかしい
オ　まあ／せかいじゅうは／ねこだらけ
いぬだらけ／ねずみだらけに／なるでしょうね。

さあ、みなさんはどんなことをイメージしましたか？

もしも　あめのかわりに
小五　益子朋己

もしも、あめのかわりに
(へび)だの
(みみず)だの
(コブラ)だのがふってきたら
まあ、
どんなに(きもちわるい)でしょうね。
そして、
それが
いくにちも
いくちにも
ふりつづけたら
せかいじゅうが
「キャーキャー」いって
夜　みんなゆっくりねむれないでしょうね。
最後に　わたしたちは　ほねになって
バイバイになるでしょうね。

もしも　あめのかわりに

小五　末次まゆ子

もしも、あめのかわりに
（アイス）だの
（オレンジジュース）だの
（プリン）だのがふってきたら
まあ、
どんなに（うれしい）でしょうね。
そして、
それが
いくにちも
いくにちも
ふりつづけたら
みんな
みんな
メタボになって
地球は楕円形になるでしょうね

---

②もしも……なったら

はねるいす

もしも　いすが　人をえらんで
はねるなら
「この人は　らんぼうあつかい
　いやだ」
「この人は　ぼくを
大切につかってくれるだろう」
と差別するかもしれない。
でも、いすは、
そんな差別をしない。
いすは、大切に使ってもらえると信じている。

（小五　武末香織）

（拙書『子ども・詩の国探検』より）

もしも　わたしの目が四つあったら

小五　益子朋己

もしも、わたしの目が
四つあったら
医者になって
すぐ病気を見つけて
すぐ薬を見つけて
有名になり、新聞にのるでしょうね。
一つの目でがんを見つけて
二つの目でよくきく薬を見つけて
三つの目でレントゲンがわりをして
四つの目で注射の液を見つけるでしょう
世界中の病人が
おしよせてくるでしょう
そうしたら
兄と私で益子医院をつぐでしょう

もしも　時計が　おふろにはいったら

小五　末次まゆ子

もしも、時計が
おふろにはいったら
ほこりをふっとばして
手と足がはえてきて
タオルに石けんをつけて
ゴシゴシあらって
あわ時計になるでしょうね。
一時は
シャボン玉一つ
二時は
シャボン玉二つ
十二時は
シャボン玉を十二個はく
シャボン玉時計になるでしょうね

もしも耳がレスラーになったら

耳がレスラーになったら
耳が音とたたかう
耳は、いろいろな音とたたかって

強くなった。
耳は、音に
まけなくなった
耳は、音を
耳のあなに
いれなくなった。

そして、耳は
きこえなくなった。
だから
ぼくは、
音と耳がたたかわないように
声や耳を
そっと聞く。

小五　金縄尚広
（拙書『子ども・詩の国探検』より）

うさぎにはねがあったなら
うさぎにはねがあったなら
うさぎは地球をまわるでしょう。
うさぎにはねがあったなら
うさぎは月にもちつきに行くでしょう。
うさぎにはねがあったなら
空をふわふわとびながら
とろとろひるねをするでしょう。

そして
うさぎのひるねを見て
わたしたちは
雲がうかんでいるというでしょう。

小五　石橋春美
（拙書『子ども・詩の国探検』より）

「もしも」で「えっ」というイメージをとらえると、思いもかけないイメージが、次々に生まれてきます。そして、そのイメージに自分なりの意味づけをしたくなります。それが、「なるほど」というイメージであればあるほど共感を呼びます。

「えっ」というイメージを広げ、「うーん、なるほど」という意味づけがなされた時、面白い詩が生まれるようですね。

3　比喩《ひゆ》遊び

(1)「みたいみたい」「みえるみえる」遊び

①名づけ遊び

○（まる）は何みたいですか？
おまんじゅうみたい
ボールみたい
赤ちゃんのほっぺみたい
風船みたい
夕日みたい

||| （三本の線）は何みたいですか？
川みたい
滝みたい
線路みたい
かたつむりの足あとみたい
木洩れ陽みたい

私たちは、物を見る時、「あっ、○○みたい」とか「あっ、○○に見える」とか、比喩《ひゆ》（似ているものにたとえる見方）で見ている時がありますね。比喩《ひゆ》で見るとたとえるものとたとえられるもののイメージが重なって新しいイメージが浮かんできます。

名づけ遊びうた

この花は

小一のみなさん

たねおち花
せんぷうき花
かんらん車花
らいおん花
たいよう花
いえの見はりばん花
ぐるぐる花
元気花
太ようの子ども花
（ひまわり）

このやさいは

小一のみなさん

ぞうのはな
みどり色の電車
てんぐのはな
サボテンの子ども
ハリもぐら
ほそーいプール
（きゅうり）

みなさんもペットに名前をつけるように、身のまわりの物を、「みたいみたい」とか「みえるみえる」で名づけてみましょう、おもしろいですよ。

②見える見えるなぞなぞ遊び

（ア　　）

小三　志岐純一

（ア　　）の中は
ジャングルに見える
ジャングルには

ふにゃふにゃの
ふしぎな動物がいる
ふしぎな動物たちは
手と足を
しわしわにして
たたかっているように見える
（拙書『子ども・詩の国探検』より）

とけい

小三　ましこともみ

とけいって
人間みたい
8時20分には
おひげをはやした
（イ　　）になる
11時5分には
おこった（ウ　　）になる

（エ　　）

佐保優輝（大学生）

（エ　）は
クジラに見える
海に浮いている
クジラに見える
クジラは泳ぐ魚を食べようと
海にもぐっているように見える
海はいろんな形がある
縦の海もあるし
横の海もある
縦の海の形だけ
クジラは
ゆっくり泳いでいる

みんな当てることができましたか？　答えはア（ごみばこ）イ（おじいさん）ウ（お母さん）エ（数字の５）です。

自分の身近にあるものを比喩《ひゆ》の目で見ると、思いがけないイメージが生まれ、楽しい詩になるでしょう。さらに、自分の作った詩をなぞなぞにして伝えると面白いでしょう。

---

(2)……したら……みたい

比喩《ひゆ》遊びは、もの・ことを「見たい見たい」「見える見える」で見立てることによって、イメージを紡ぎ出す遊びでしたね。

今までは、一つの物を見て、一つのイメージを紡ぎ出しました。今度は「～したら」と仮定して見ることによって、多くのイメージを紡ぎ出してみましょう。

①学校の大きなくすの木

学校の大きなくすの木

小二のみなさん

下に火をつけたら
　ロケットみたい
風でゆらしてみたら
　たこみたい
回してみたら
　ハンマーみたい
小さくしてみると
　パセリみたい
さかさまにしたら
　ひげみたい
首をつけたら
　こまみたい
大男がもったら
　かさみたい
半分にするとキャベツの
　半分にきったところみたい
よこにたおしたら
　めいろみたい
えだをのかしたら
　おにぎりみたい

②……したら……みたい

はっぱ

小二　横山まや

木のみをのせたら
おさらみたい
水にうかべたら
ふねみたい
ぼうしにつけたら
かざりみたい
ようふくにつけたら
ブローチみたい
とばしたら
ひこうきみたい

赤ちゃん

小二　國武しんじ

だっこされているところを見ると
ラッコみたい
手を見ると
もみじのはっぱみたい

足のゆびをうごかしているところを見ると
タクトをふっているみたい
なんでもつかんでいるところを見ると
ユーホーキャッチャーみたい

シンバル　　　　　　　小二　安岡空

おなべのふたみたい
ゴムをつけたら
むかしのぼうしみたい
もつところをつけたら
フライパンみたい
光をはんしゃさせると
金かみたい

仮定して紡ぎ出したイメージを並べると、楽しい詩が生まれますね。

---

③「うしさん　うふふ」の続き詩

うしさん　うふふ　　　　吉田定一

うしさん
　うふふ
おっぱいに（A　　　）
　ついてるよ
しっぽに（B　　　）が
　ぶらさがってる
うふふ　はなに
（C　　　）ついてる
からだに　ふんわり
（D　　　）うかんでる
うしさん
　うふふ
（「よあけのこうま」らくだ出版）
Aにんじん　Bねずみ
Cドーナツ　Dくも

つづき詩

小三　岡千香

みみにケータイ
ついている
足さきにブーツ
はいている

うしさん
うふふ

つづき詩

小三　松尾友里絵

みみにピアスがついている
足にハイヒールはいている
頭にかがみもちのっけている
ほっぺにキャンディついている
せなかにみずぎのびじょがのっている

うしさん　うふふ

④「みかん」のみたいみたい

みかん

小三　小川竜生

みかんをよく見ると
ちょうちんみたい
にぎあうお祭で
ぽかっとともっているみたい

むいたみかんは
たんぽぽみたい
うぐいすとともに
春の野原であそんで
いるみたい

むいたみかんをはずしたら
手まりみたい
さげもん祭で
おひな人形と
おしゃべりしているみたい

ひとふさとったら
すべりだい
子どもといっしょに
なかよくすべっているみたい

みかん

小三　堀けんたろう

みかんは
たいようみたい
むいたみかんは
はなびみたい
むいたみかんをはずしたら
うめぼしみたい
ひとふさとったら
みかづきみたい
はねをつけてとばしたら
そらいっぱいのゆうやけ
はねをつけてとんだら
ちょうみたい
かがやく空で
いろんなちょうと
おにごっこしているみたい
「あっ　つかまった」

どうでしょう。一つの「もの」も、いろいろな見方をしてみたり、仮定してみたりすると、たくさんのイメージを紡ぎ出すことができますね。そのイメージを並べたり、そこから思い浮かぶイメージをつけ加えたりすると、楽しい詩が生まれてきますね。

(3)○○の○○のようだ

①いちばんぼし

まど・みちおさんの詩の前半です。（ア）にどのようなことばが入っているのでしょう。

いちばんぼし

まど・みちお

いちばんぼしが　でた
うちゅうの
（ア　　）のようだ

ア（目）

（まど・みちお少年詩集「まめつぶうた」理論社）

いちばんぼし

小五　井上碧

いちばんぼしが　でた
うちゅうの
（ライト）のようだ

いちばんぼし

小五　荻島ひかり

いちばんぼしが　でた
うちゅうの
（ろうそく）のようだ

いちばんぼしを太陽にかえたら？

太陽

小五　井上碧

太陽がでた
（広い空）の
（王様）のようだ

太陽

小五　荻島ひかり

太陽がでた
（地球）の
（ともしび）のようだ

まず、「何がどうした」という場面をとらえましょう。

「いちばんぼしがでた」
「太陽がでた」
というふうにね。

次にそれらの場面を「○○のようだ」と比喩してみましょう。

雲

小六　姉川賢史郎

空にうすい雲が広がっていく
水墨画のようだ

風

小六　姉川賢史郎

さくらの葉が
風にのって
カサリカサリとゆれている
まるで
波の手のようだ

カラフルな車

小六　井上拓海

晴れた日
カラフルな車が
たくさん走っていく
海底の魚の群れのようだ

雨

小六　小柳優

雨　降ってきて
かさの上ではねてる
ああ
ピンポンをしているようだ

ボール

小六　松本翔平

友達がうったボールが
真上に飛んだ
ああ
スペースシャトルにのったようだ

石

小六　今村健太

石には　いろいろな色がある
石には　いろいろな形がある
まるで　夜空の星座みたいだ

道

小六　江崎百香

道はどこまでも続いている
私が止まらないかぎり
どこまでも続いている
ああ　今日の空のようだ

しょうぎのこま

小六　大橋永

しょうぎのこまが
ならんでいる
ああ
軍隊の隊列のようだ

照らす

小六　伊地知修一郎

星が照らす
月が照らす
太陽が照らす
地球のすみずみまで照らす
まるで宇宙が鏡をみているように

---

(4) 比喩《ひゆ》の虚構性

「三好達治」という詩人の詩です。

> 三好達治
>
> (ア　　)
> 蟻が
> 蝶の羽をひいて行く
> ああ
> (イ　　)のようだ
>
> (『日本の詩歌』22中公文庫)

三好達治さんは、「何がどうした」ところを見たのでしょう。

「蟻が／蝶の羽をひいて行く」ところを見ました。その様子を見て、「ああ　何のようだ」と比喩しているでしょう。

「ああ
ヨットのようだ」

と比喩しています。

小さなありが、自分たちより何十倍も大きな蝶の羽を、よろよろしながら、懸命に引いていきます。

その姿が海原に挑む小さなヨットのように見えたのですね。

するとと、どうでしょう。蝶の羽はヨットの帆柱に、ありたちはヨットを動かす人々に、そして土（地面）は海原に一変しましたね。

見たままの世界とは全く異なった異次元の世界が表れてきましたね。作者の見た感動的場面が、作者の比喩によって、次元の異なる感動的場面を創り出しましたね。この新しく創り出された感動的場面に作者も読者も感動するでしょう。

これこそが、詩を生み出す喜びであり、詩を読む喜びではないでしょうか。

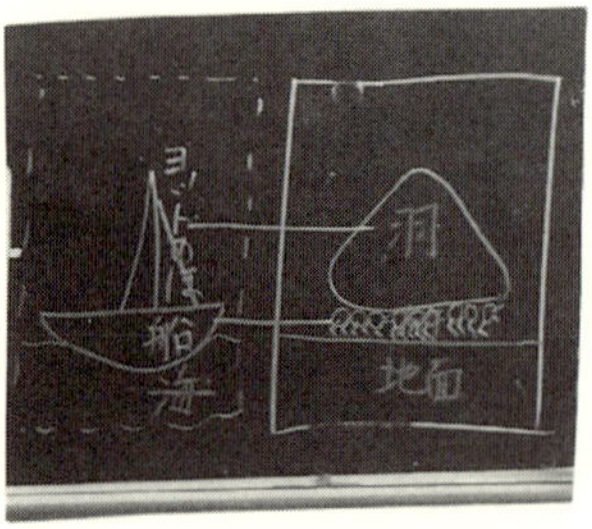

詩の答え
ア（土）
イ（ヨット）

ころがる

小六　内田裕貴

ガムテープが
ころがる
ああ
はめをはずした
ぼくの心みたいに

道

小六　小柳優

絵をかく
えんぴつと消しゴムが
行ったり来たりする
交差点に立つ
ああ
私の道がはっきり見える

内田君は、ガムテープの転がる場面を見て、全く異なる自分の心の場面を発見しました。小柳君は、絵の中の道と自分の人生の道がぴたりと重なるところを発見しました。詩を生み出す喜びって、心の内に隠れているものを発見する喜びなのですね。

4　変換遊び

(1)音かえ遊び

①音の感じから物の感じへ

大だいこを叩きます。どんな音ですか?
ドーン　ドーン　ドドドドーン
ドドーン　ドドーン　ドドーン
どんな物の様子や場面が浮かんできますか?
　花火が夜空に打ち上がっている様子が浮かんできます。
　かみなりが落ちたような感じがします。では、

大だいこの音　ドドーン かみなりが　おちた

というふうに、見つけた音の感じを物の感じに変えてみましょう。

※音　まど・みちお（まど・みちお詩集「てんぷらぴりぴり」大日本図書）の作品をもとにしている。

音かえ遊び

小五　堀川夏生

大だいこの音　ドドーン
かみなりが　おちた
小だいこの音　ダダ　ダダン
じゅうをれんぞくして　うっている
カスタネット　タンタン
小鳥が鳴いている
すずの音　チンリンリン
小銭がおちた
シンバルの音　ババーン
気球がわれた

カスタネットの音

小五　阿具根夕子

カスタネットを強くたたく
カッ
わらいひとつ
カッカッカッ
わらいの会話
カッカッカッカッカッ

わらいのうずまき
カスタネットをやさしくたたく
ツ
かわいいスキップひとつ
ツツ
はずんでツーステップ
ツツツツツツツ
みんなでかけ足　一、二、三

②音の感じを比喩《ひゆ》したら

ボンゴ

小四　黒田雄暉

ボンボン
ボンボン
ボンゴの音が
なっている
ベットの上で
ジャンプしているみたいだ

小だいこ

小四　荻島翔平

小だいこ
ドドンドーン
「こんにちは」
もう一回ならしてみると
「よろしくね」
友だちになったようだ

せんぷうき

小三　ながのあやの

ブーンブルブル
ブーンブルブル
せんぷうき
ヘリコプターみたい

天ぷら

小三　こがりょうこ

天ぷらをあげる音
ピチピチ
プチャプチャ

ボコボコ
まるで雨の日に
水たまりにはいっているみたい

　　えんぴつとぎ

　　　　　　　　　小三　岡智子

えんぴつをとぐ音
ジョリ　ジョリ
ベリッ　バリッ
まるで　きょうりゅうが
ホネつきカルビを
あつそうに食べているみたいだ

　　かいだんの音

　　　　　　　　　小四　金縄尚広

かいだんをのぼる音
　ごつごつ
　どこどこ
　ぎょん
　ぎょん
まるで　おきょうを

上げているみたい

③音の様子と比喩《ひゆ》を合わせたら

さあ、皆さんも音さがしにお出かけください。そして、とらえた音をメモしておきましょう。

> ガオー
> ギッキー
> ガラガラ
> いすをひく音

というふうに……。次に、とらえた音を「まるで……のよう」と比喩してみましょう。

> まるでアフリカの
> とらやへびやライオンが
> ほえているよう

では、最後に音の様子と比喩を合わせてみましょう。

> 　　いす
>
> 　　　　　　　　　小四　田中茂
>
> いすをひくと
> アフリカの

とらや
へびや
ライオンが
「ガオー」
「キッキー」
「ガラガラ」
といっせいに
ほえだす

音をとらえた情景詩が生まれましたね。

④音のある情景

工事の音

小四　金縄雪寿

ゴゴゴゴゴ
工事の音
10リットルもある
ビールを
いっきに
おいしそうに
のんでいる

巨人みたいだ

木の葉

小四　金納平

木の葉は
茶色になって
年をとって
プッツン
と　おりていく

小石

小五　山口雅代

ポチャン
ポン
ドピチャ……
小石をつぎつぎにおとしていく。
かなしみがつぎつぎと
水の中でとけていってしまうよう

雨

小五　大坪洋志

雨一てき
ポトン
何人ものはじき小人がうまれる

雨二てき
ポチャン　ポチャン
けいこうとうを　カチャン　カチャン

雨三てき
ドボドボドボ
つりのうき三つ
へい！　魚のうろこだけつれたよ

雨百てき
ポトポトポトポトトトト………
救急車のサイレンどこまでも
ピーポー　ピーポー　ピーポー

風

小五　辻美樹

ヒュルルルー
シュルー
ルルー
私をつつくゆび先
私のかみをひっぱる手
ぐしゃ〜
しゃ〜
や〜
ちいさなふく眼
ふきあれるうずまき
太陽は姿をみせない
ヒュルル
ぐしゃ
わたしにはりつく
ひとりっこの
風
遠くへいってしまう

小五　佐々木ふみ

ポーン
川に一つ石ころをなげる
空に一つ

花火が上がる
ポーン
海に一つかいがらをなげる
空のむこうに
地平線ができる

ポーン
空に一つもみじ葉をなげる
さようなら
入日が
大きく
手をふってくる

いつも
何かしたあとは
何かが遠くへ行ってしまう

足音

小六　平木千恵

足音
それは、むこう岸にわすれられたようで
わすれられていないようで
そろそろ時代のかわりめのようで
同じ足音にふみつぶされているようで

私の目のおくにやさしくやきついている
足音の中からおしだされてくる
新しい足音が
海のむこうの波をさわがせている
ちいさなうねりが
足音をむかえるぎしきをはじめた
はどめをする大きな岩
「早くおいで」
と手をふる海どりたち
うごめきだしたこの足音は
ぜったいに聞きのがさない
足音は火車になり
うねりの上をすべり出す
小さくきしみながら
古い波間をおしのけて
すべり出す

5　発想の転換遊び

(1)一行なぞなぞ詩

①あててごらん

てんとう虫のプール……（ア　　　）
田んぼの合唱団…………（イ　　　）
かれ葉のせん風機………（ウ　　　）
水の上のスケーター……（エ　　　）
地球のブローチ…………（オ　　　）

いくつわかりましたか?
では、これらの詩はどんなにして生まれたのか、種明しをしましょう。

②いいえ詩のつくり方

いいえ
↑
はっぱ
→ 風のテーブル
→ 虫のうちわ
→ ありのふとん
→ お月さまのぼうし
→ 光の子の勉強机
→ 風のコンパス

いいえ
↑
はっぱ
→ 虫のふとん
→ 虫のベッド
→ 虫のふね
→ 虫のかくれが
→ 虫のホテル
→ 土の毛布

いいえ詩

はっぱ
いいえ
風のテーブル

はっぱ
いいえ
風のコンパス

はっぱ
いいえ
虫のふね

はっぱ
いいえ
虫のホテル

いいえ詩は
　今まで見慣れていたものを「いいえ」で否定し、
見方を変えて見直すのです。
　見る位置を変えたり
　見る立場を変えたり
　比喩してみたり
　価値づけや意味づけを変えてみたりするのです。
つまり、
　1、今見えているものを「いいえ」で否定して
　　こわす。
　2、否定したものを見方を変えて見直す。
　3、新しいイメージのつながりを発見する。
という発想の転換のステップをふむのです。
「はっぱ」を例にとって、みましょう。
　「はっぱ」が今、見えているものですね。それ
を「いいえ」で否定して
「○○の○○」というふうに、見直すのです。
　はっぱ／いいえ／風のうちわ
　はっぱ／いいえ／ありのふとん

はっぱ／いいえ／風のテーブル

というふうにね。新しいイメージが生み出されたでしょう。

その中で「えっ、なるほど」というイメージをいいえ詩にするのです。

はっぱ　　　　はっぱ
いいえ　　　　いいえ
風のテーブル　風のコンパス

というふうにね。

一行なぞなぞ詩もみんな「いいえ詩」から生まれたものです。

ア

（みずたまり）
いいえ
てんとう虫のプール
小四　大曲めぐみ

イ

（カエル）
いいえ
田んぼの合唱団
小六　富松陽介

ウ

（風）
いいえ
かれ葉のせん風機
小四　小山りゅう生

エ

（あめんぼ）
いいえ
水の上のスケーター
小六　野口菜摘

オ

（花）
いいえ
地球のブローチ
小五　荻島麻美

一行なぞなぞ詩の答えは、もう分かりましたね。

③いいえ詩の群読発表会

同じ題でつくった「いいえ詩」を並べて群読発表会をしたり、詩《し》りとりリレー大会をしたりしても楽しいですよ。

ホタル　　小五　一班

宮城大和
小谷麻里花
赤木みさき
夏田淳
伊藤学志
天野桃香
澤野紗歩
富山花恋
皆森理沙
白坂瑞希
花谷周平
田野ななほ

ホタル
いいえ
小さな　光
ホタル
いいえ
くさむらの　光
くらやみの　光
空とぶ　光
虫たちの　たいまつ

光の　ようせい
つゆの　ようせい
夏の　あわ
夜の　王様
夜の　主役
光の　げきだん
（光の　げきだん）
光の　パーティー
（光の　パーティー）

ホタル　　小五　二班

井本夏紀
藤野李帆
松尾修三
井本雄士
澤一希

ホタル
いいえ
虫の　かいちゅう電灯

ホタル
いいえ
小さな　電気
虫の　電気
川の　電灯
草の　けい光灯
魚の　灯台
黄色い　星
小さな　星
金色の　星
森の　星
うろちょろする　星

池田愛
岩佐友一
河野源
松本明
井本慶将
畦田真未
染矢侑菜
河野太一
一宮佳代

地上の　星
小さな　満月
自然の　イルミネーション
（自然の　イルミネーション）

④いいえ詩の詩《し》りとりリレー大会

雪
いいえ
地球の天使
天使
いいえ
虫の光
光
いいえ
空の雨

（小五のみなさん）

雨
いいえ
雲のあせ
あせ
いいえ
海の水
水
いいえ
虫のプール
まんが
いいえ
想像力の結晶
結晶
いいえ
天使の涙

小五　近藤雄介

涙
いいえ
悲しみのかたまり
かたまり
いいえ
友だちの輪
雨
いいえ
草木をうるおす魔法の薬
薬
いいえ
人を助ける心
心
いいえ
まわりを照らす太陽
太陽

小五　宮本亮平

いいえ
みんなを包むやさしさ
やさしさ
いいえ
厳しくも優しい雨（始めにもどる）

小五　安河内就章

源　頼朝
いいえ
ロマンのかたまり
ロマンのかたまり
いいえ
すごいパワー
パワー
いいえ
心の計測器
計測器

いいえ
針の気まぐれ

(2) いいえの詩絵本

「いいえ」の発想で新しいイメージがぞくぞくと生まれてきましたね。では、今度は、見慣れた風景を切りとって、「いいえ」で新しい情景を生み出してみませんか。

①「いいえ」のメガネで見た風景

用紙一枚を見開きに折ります。

表に見慣れた風景を書きます。見開きを開いて中に見方を変えた新しい情景を書きます。そうすると、一枚の詩絵本ができあがります。

絵本ですから、風景や情景にあった絵を描きましょう。できあがったら絵本を見せながら読み聞かせをしましょう。

ちょうちょ

小三　野口雄大

ちょうちょが
ひらひら
とんでいる
いいえ
ちょうちょはかぜのなみにのって
サーフィンしている

1ページ

1ページを開くと
↓
2ページがでるしかけ
↓

2ページ

草

小三　高橋祐太朗

こうていの草が
ゆうらりゆうらり
なびいてる

いいえ
元気な子どもたちからふまれたので
風からかたをもんでもらってる
きちんと立てるまで

1ページ

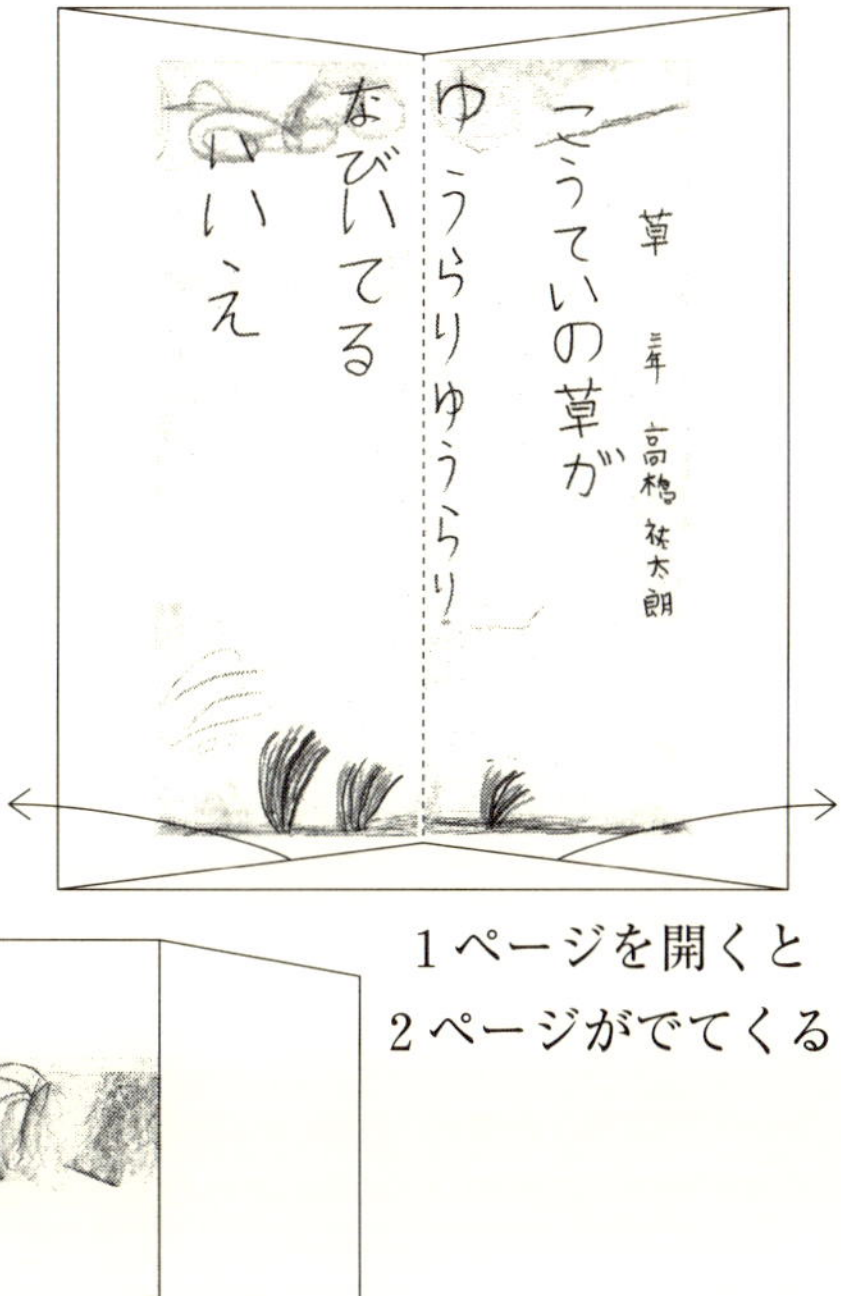

2ページ

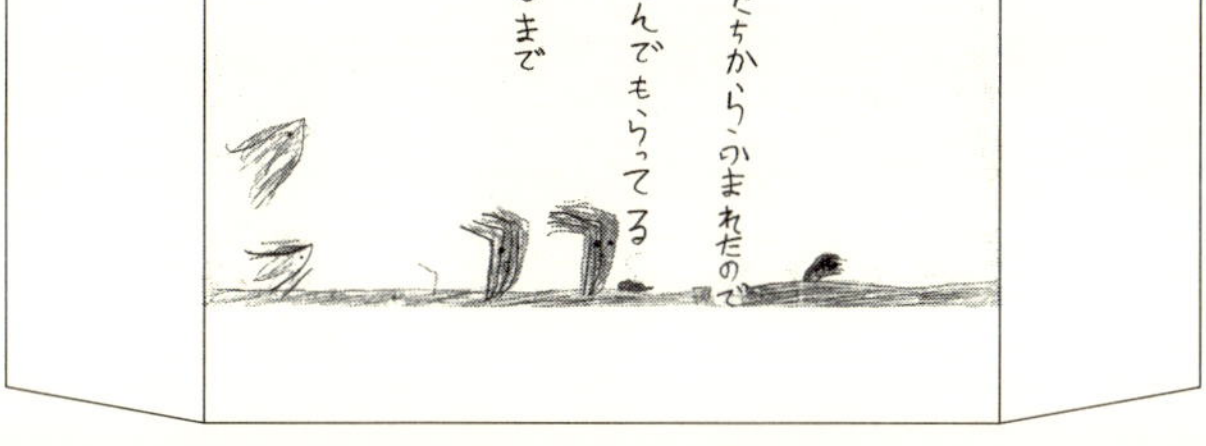

1ページを開くと
2ページがでてくる

おひさま

小三　さけみますみ

おひさまは
まあるい
きらきらしている

（いいえ）
おひさまはみかんにへんしん中
あきをみどりの木に
くばるために

1ページ

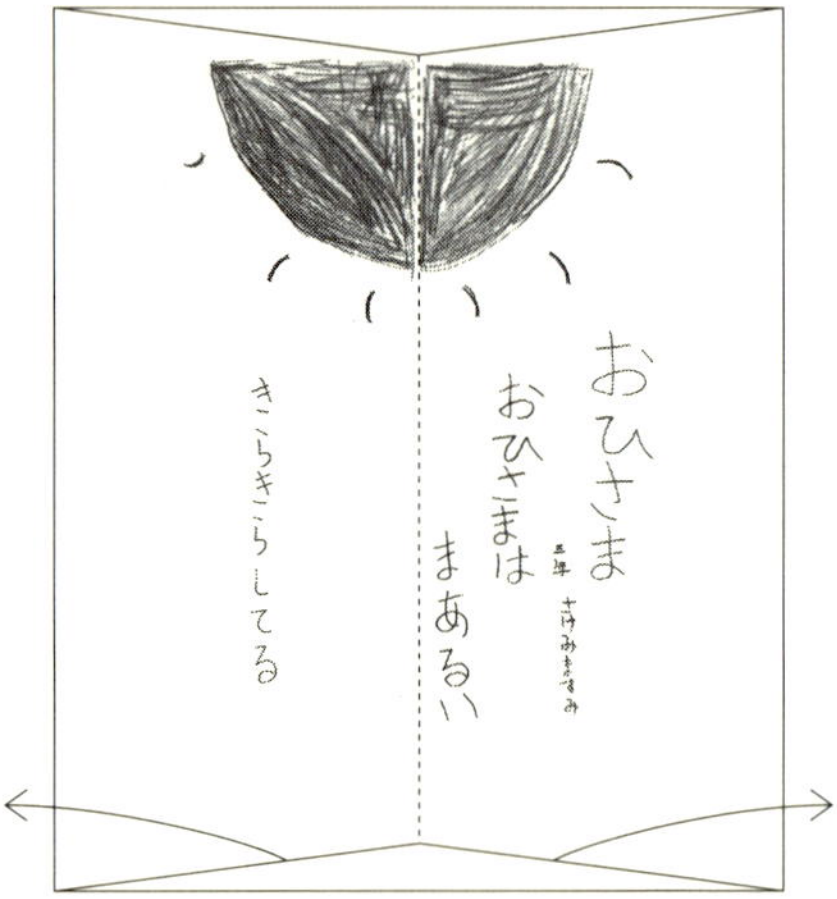

1ページを開くと
2ページがでてくる

2ページ

②一枚詩絵本の読み聞かせ

一枚詩絵本の読み聞かせです。どの絵本の詩が好きですか。

せみ　三年　宮崎加奈
せみが木のうえで
ないている。
いいえ

せみは木のうえで音楽会
風はそよそよたいこをたたいてる。葉っぱはぱさぱさ
リコーダーをふいている。木もちきんたたいてる。
虫もピアノをひいている。
みんなたのしく秋をうたっている。

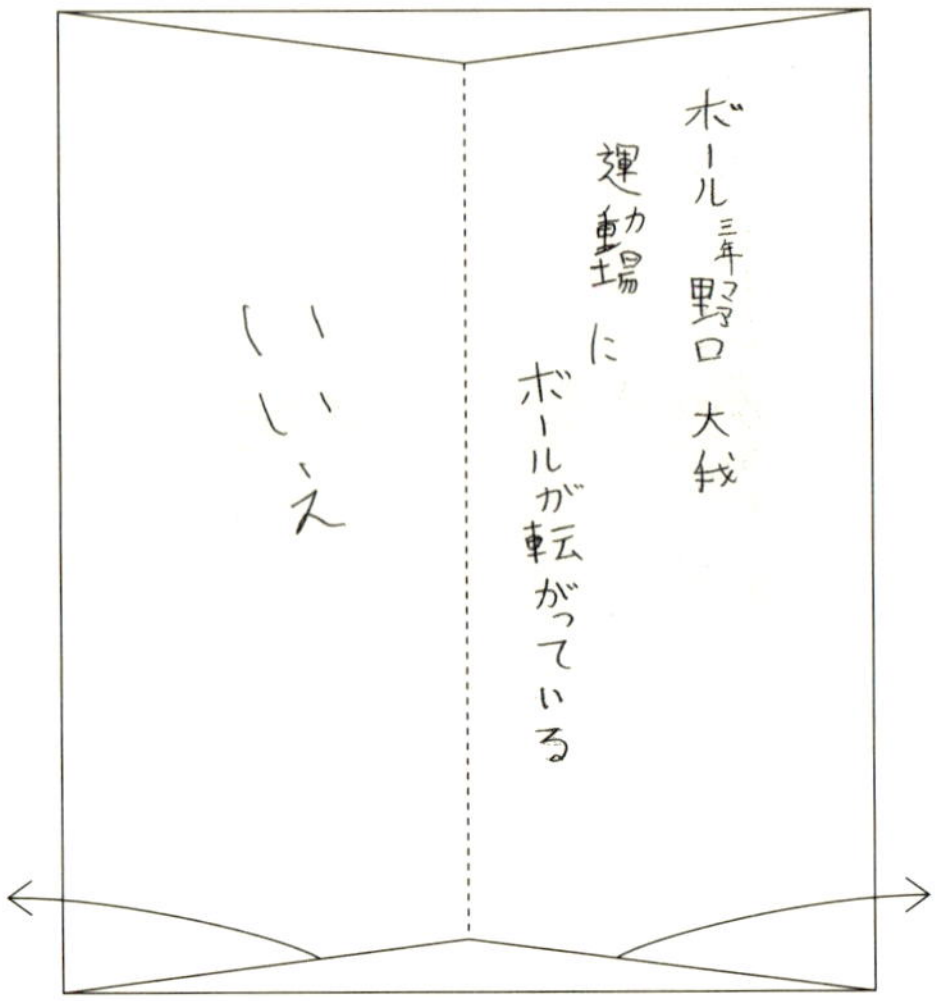
ボール 三年 野口 大我
運動場に
ボールが転がっている
いいえ

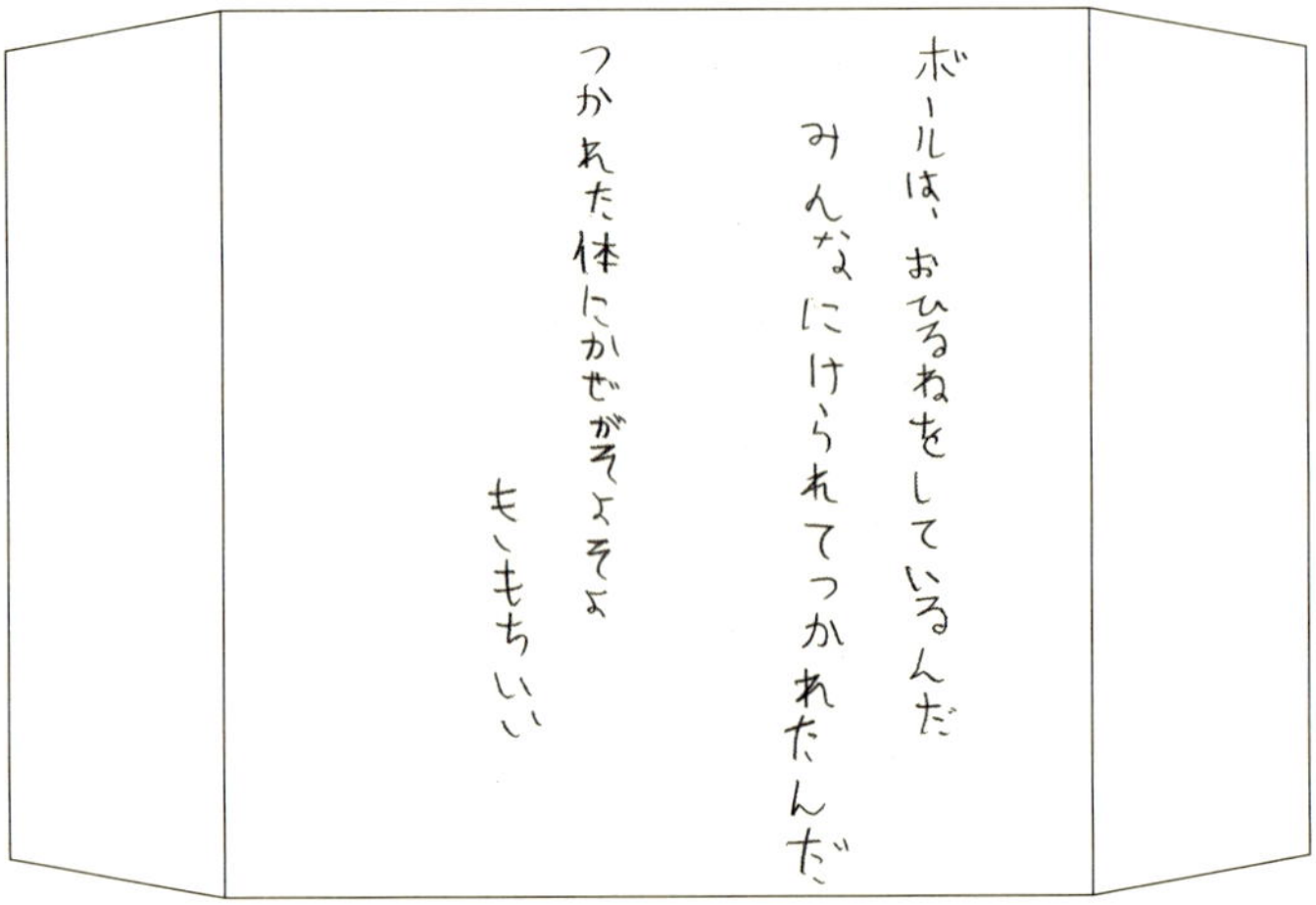
ボールは、おひるねをしているんだ
みんなにけられてつかれたんだ
つかれた体にかぜがそよそよ
きもちいい

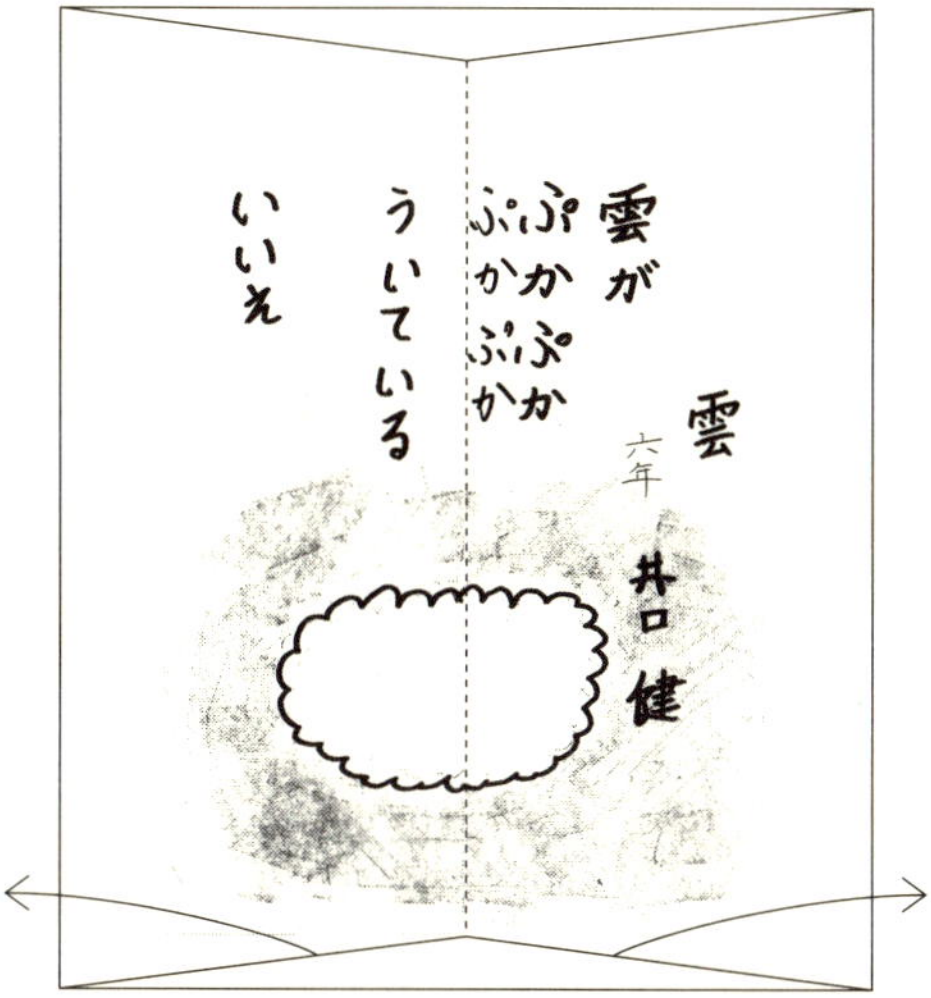
雲
六年　井口健
雲が
ぷかぷか
ぷかぷか
ういている
いいそ

雲は
空気のハンモックに
ねているの
ZZZ
んごご

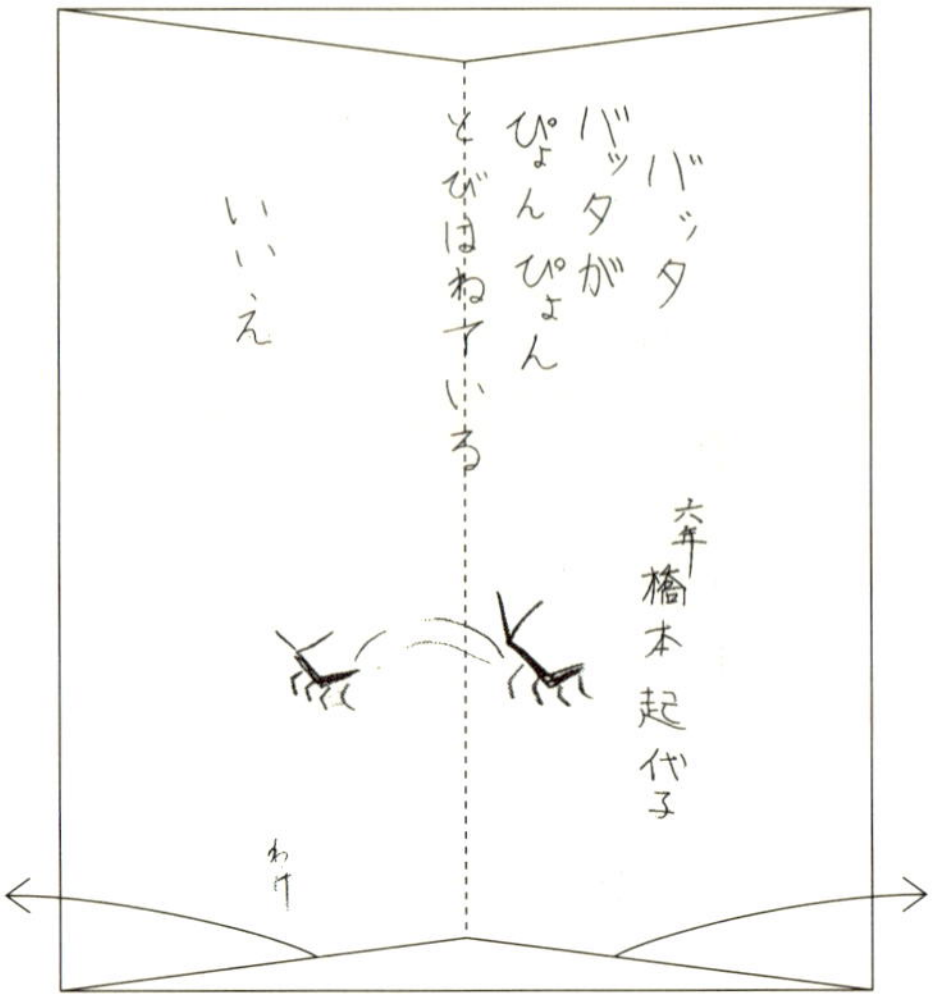
バッタ
バッタが
ぴょんぴょん
とびはねている
いいえ
六年
橋本起代子

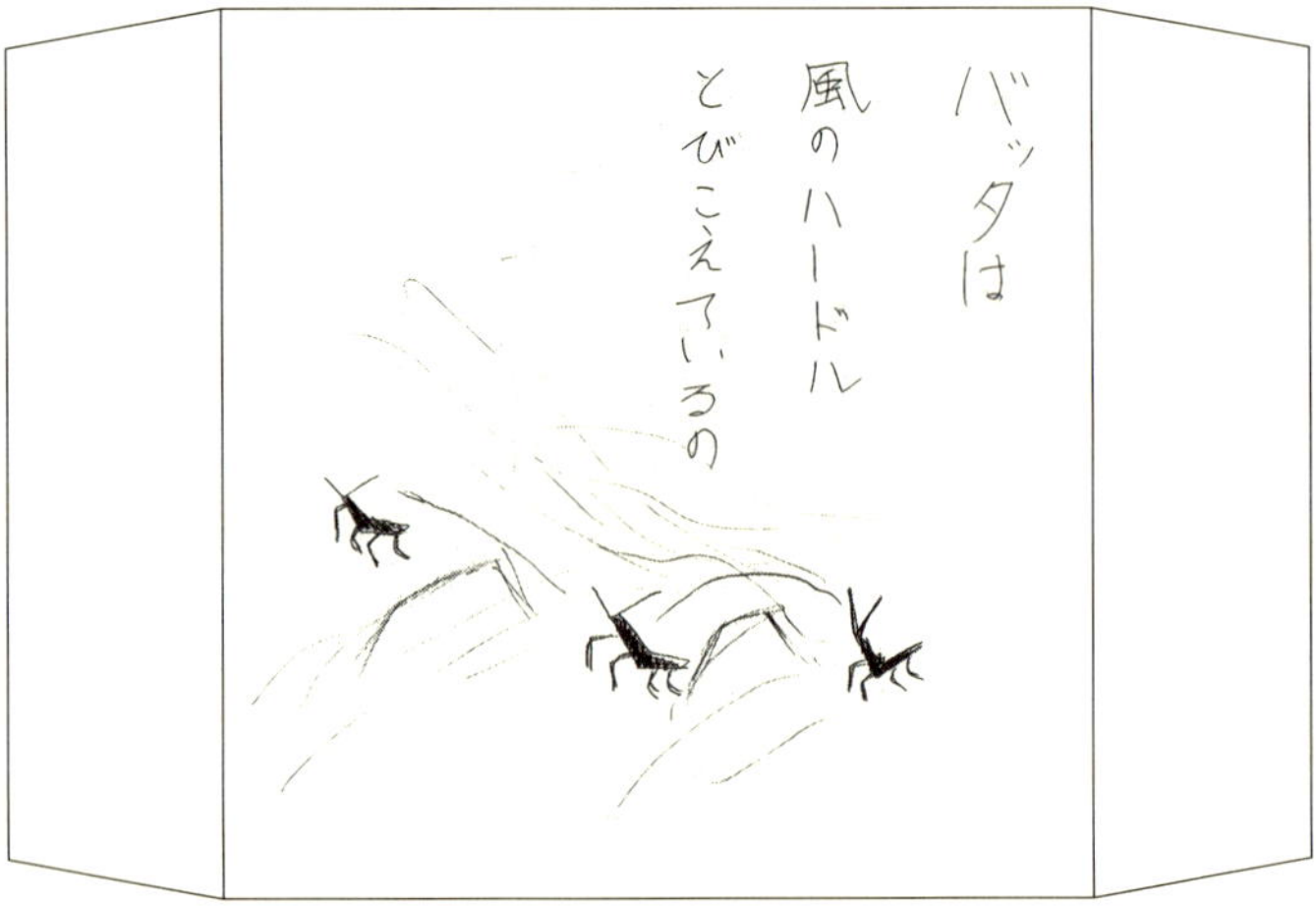
バッタは
風のハードル
とびこえているの

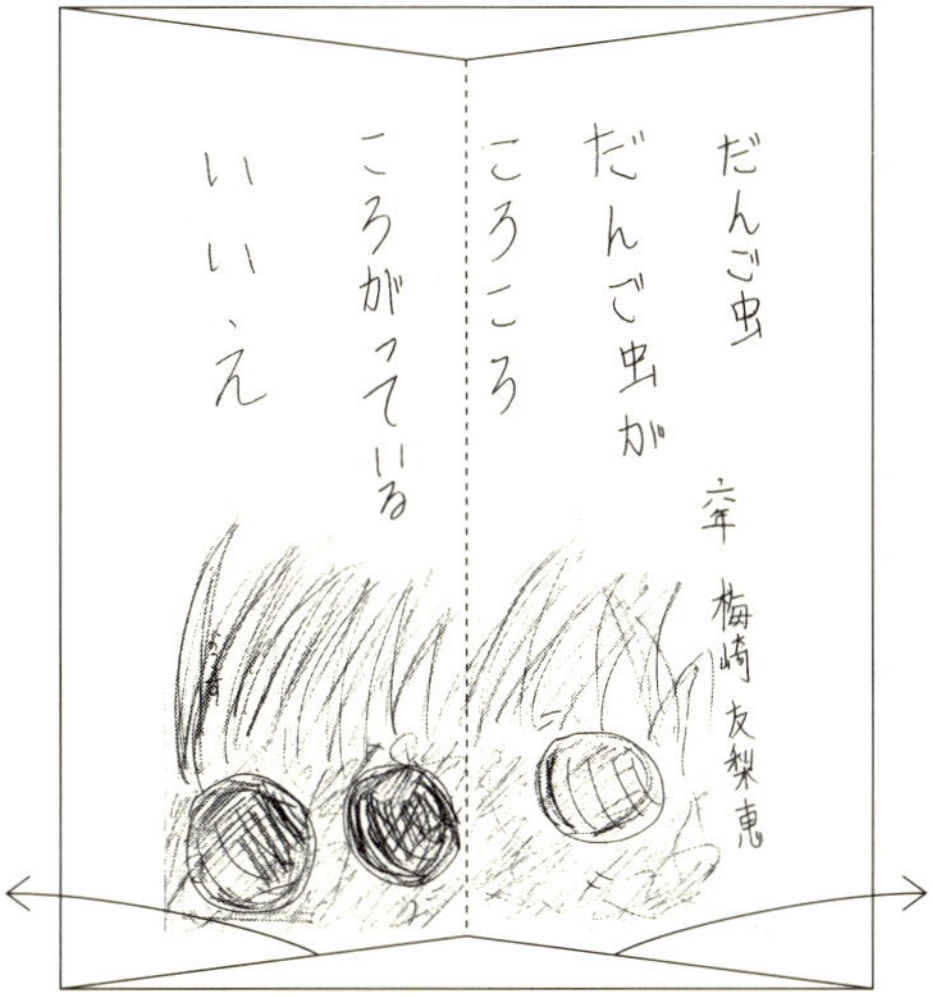
だんご虫
だんご虫が
ころころ
ころがっている
いいえ
1年 梅崎友梨恵

だんご虫は
前回りの
練習
しているの

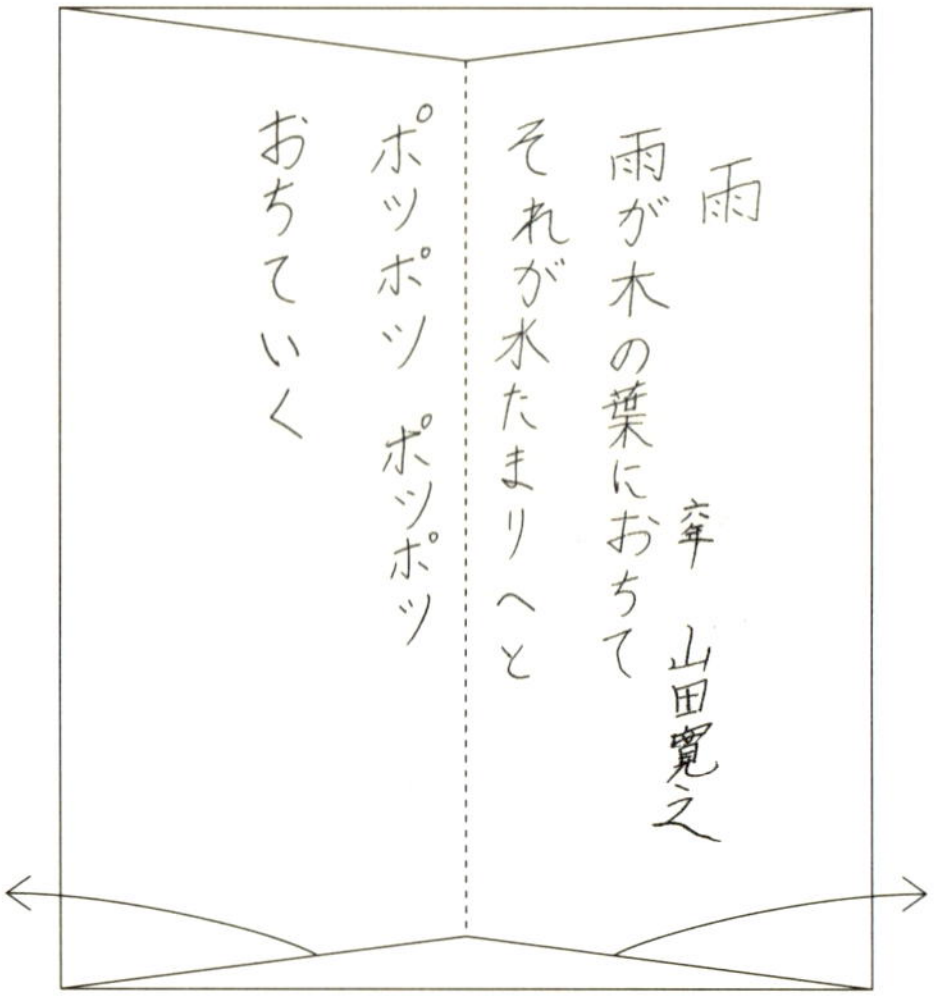
雨
雨が木の葉におちて
それが水たまりへと
ポツポツ　ポツポツ
おちていく
六年　山田寛之

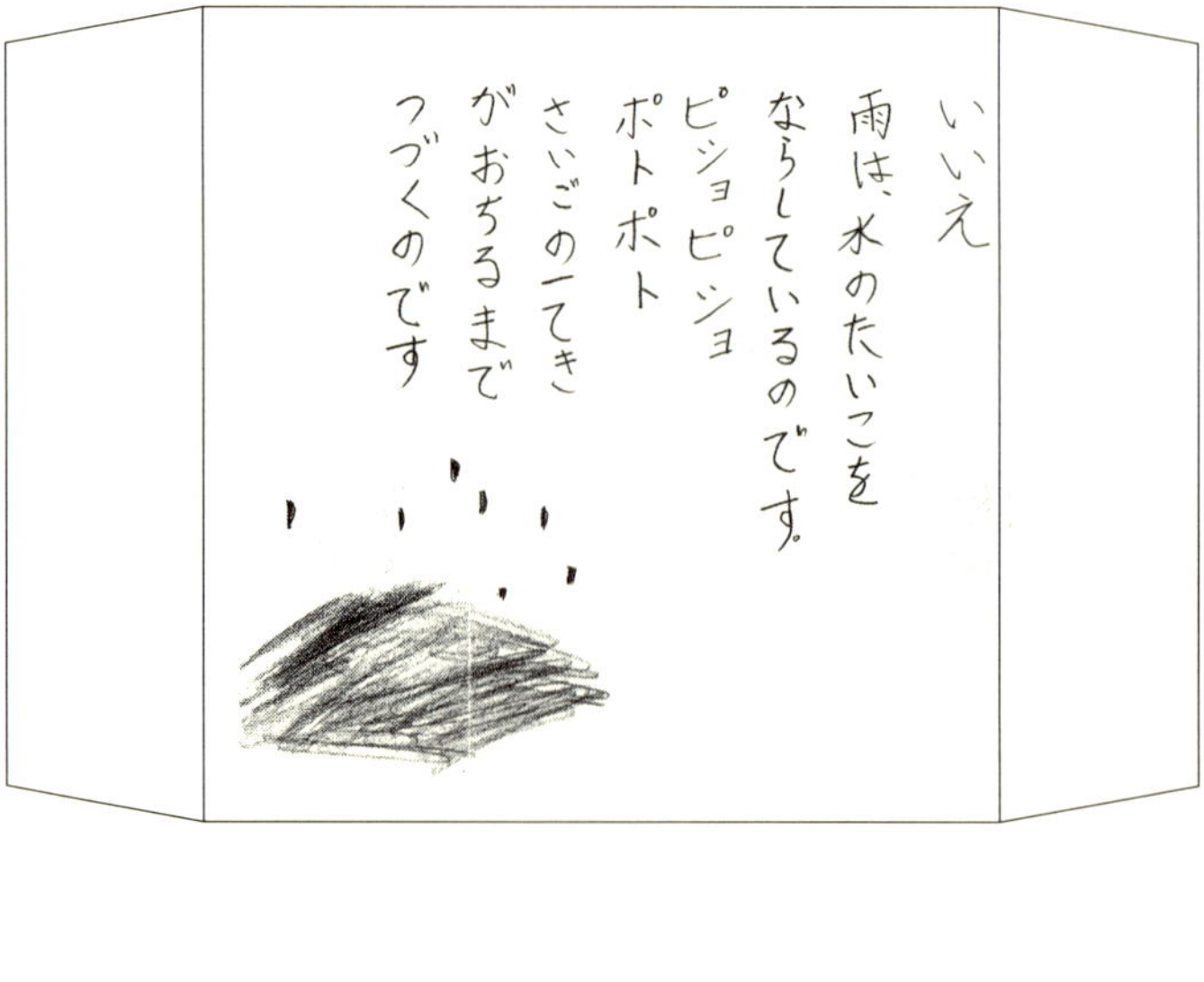
いいえ
雨は、水のたいこを
ならしているのです。
ピショピショ
ポトポト
さいごの一てき
がおちるまで
つづくのです

6　なりきる詩

(1) いいなあ変身

みなさんたちのまわりにあるもので「いいなあ」と思っているものを教えてください。

星はいいなあ
なぜいいなあと思うのですか？
自分で光れるから

空はいいなあ
広いから

雲はいいなあ
のんびり浮かんでいられるから

では、みなさん、いいなあと思うものに変身しましょう。変身してしたことを書いてみましょう。

※「木」　清水たみ子（国土社の詩の本9「あまのじゃく」国土社）をもとにしている。

たいよう

小二　中川原たかと

たいようはいいな。
たいようがないとまっくらだから。
ぼく
たいようになる（へんしん）
ぼくが　まちじゅうを
ひからせてたら
子どもたちが
元気にあそんでた。

とり

小二　荻島ちはる

とりはいいな。
空をとべるから
わたし　とりになる
いっぱい　空をとんだよ。
くたびれたよ。
くたびれたけど
また　あしたも空をとぶよ。

きゅうしょく

小二　髙さきなな

きゅうしょくはいいな。
すごく　おいしいから。
いいにおいだから。
わたし　きゅうしょくになる。
わたしのきゅうしょくを
たべたら
体の中がみえた。
見たこともないものが
いっぱいだった。

せかい

小二　いりべひろと

せかいはいいな。
いろんなものがあるから。
ぼく　せかいになる。
木をはやして
海をつくる。
魚をいっぱい　およがせる。
新しい国をつくるぞ。
新しいしまもつくるぞ。
ぼくの作った海でしんじゅ色の魚が
およいだ。
新しいほしもつくるぞ。

みず

深松知恵（母親）

みずはいいな
たくさんの仲間と大きな川になれるから
わたしもみずになる
ちいさなしずくだった私が
たくさんの仲間とたくさんであって
どんどん　大きな川になる
遠くへ遠くへ　旅をして
大冒険をしてみたい
そして　そして　大きな海と出会いたい

---

(2)変身クイズ詩

何に変身しているのでしょう。あててください。

（ア　　）

小四　吉山智基

むいてもむいても
むいてもむいても
1・2・3・皮がいっぱい
いつも顔を
かくしている

（イ　　）

小四　長瀬早映子

青くなって
のほほんと
きいろくなって
私は今電話のかわりを

（ウ　　）

小四　猪口逸斗

緑色の森だ
さわやかな森だ
小さい小さい緑があつまった森だ
木の下も緑だ

夏風がおおぜいあそびにきてる
うれしいな

（エ　　）

小四　矢加部一起

僕は沖縄のサンゴのような
ふくざつな形
もし、ここが一しゅんに
海になったら
サンゴになれるかも

（オ　　）

小四　矢加部逸

ぼくは
黒色もようのかみなりぼうず
ぼくを食べようとするやつは
緑の空からかみなりおとし

答えは　ア　たまねぎ　イ　バナナ　ウ　ブロッコリー　エ　しょうが　オ　すいか　です。

皆さん、いくつあたりましたか。では、もう一度、答えを入れて読んでみてください。なるほどと思われるところがありましたか。また、このイメージはいいなあ、とか、美しいイメージだなあ、とか新しいイメージだなあ、とか思われるところがありましたか。

(3) 変身クイズ詩のつくり方

〈そらまめ〉

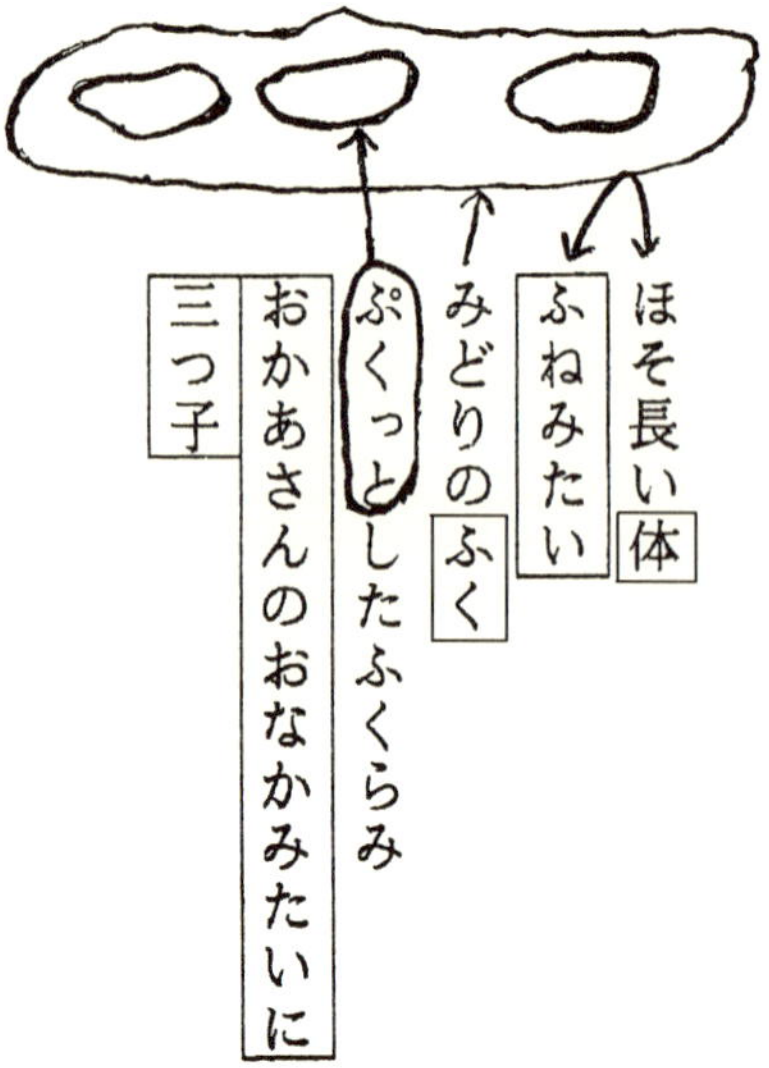

まず、見慣れている身のまわりのものをよく観察し、そのものの特長を見つけます。

「そらまめ」だったら

ほそ長い／みどり色／ぷくっとしたふくらみ……

というふうにね。

次に、その特徴からイメージするものを書き加えます。

体／ふねみたい／みどり色のふく

おかあさんのおなかみたい／三つ子

と、いうふうに……。イメージをたくさん見つけておくと作りやすいですね。

それから、一番ぴったりくるイメージを核にして、そらまめ人間になりきり、つぶやきや言いたいことを書くのです。そうすると、次のような詩が生まれてきます。

そらまめ

小四　横溝悠平

私は今
にんしん中
私は今

にんしん中
三兄弟の
みどり色の
子どもを産むために

最後に、（そらまめ）という題をかくして、あてっこ遊びをしながら自分の生み出した詩を伝えるのです。

そうするとつくる楽しみと伝える楽しみと両方の楽しみを味わえるでしょう。

でも、「なりきる」ことは、なかなか難しいのです。観察したことに「ぼく」という主語を使っただけの「なったつもり」文になってしまうことがあります。

そらまめ
ぼくは　ほそ長い
みどり色で
まん中は
ぷくっ　ぷくっ　ぷくっと
ふくらんでいる。
何が抜けているのか、もうお分かりでしょう。

「そらまめ」から、イメージしたものがないですね。見たままの事実だけでは、詩は生まれません。詩を生み出すためには、見た事実から思い浮かぶ、あなたのイメージをキャッチしなければなりません。そのキャッチしたイメージをもとに、あなたのことばをつぶやく時、「なりきる詩」が生まれるのです。

詩の素材は、私たちの身のまわりにあるすべてのものですが、詩が生まれるのは、その素材からイメージがひらめいた時です。

新しいイメージのひらめきやあなた自身のイメージのひらめきをあなた自身のことばにした時、「詩が生まれる」といっても過言ではありません。

詩が生まれる時は、事実をとらえる「おもての目」と事実のイメージをとらえる「うらの目」が同時に働いているのです。

でも、イメージをとらえる「うらの目」の働きがなかったら詩は生まれないのです。

たまねぎ
小四　古澤千紘
人ってわたしを見るとみんな泣く

人ってわたしを見るとみんな泣く
とおもっているうちに、
たまねぎは
自分で自分を見て泣いていた

千紘さんは、まず、「たまねぎ」で泣いた経験をとらえています。
そこからたまねぎ自身も泣いているんだという新しいイメージを発見してますね。
「おもての目」でとらえたことをもとに、うらの目で新しいイメージを発見していますね。

キャベツ

小四　相浦えみ

朝おきると
ちがう自分になっている
そのたびに
自分の葉がふえている
こわい自分
やさしい自分
いろいろな自分になれる
1日がおわると
葉の中でずっとねむりつづけるんだ
一まい一まいの葉の中には
いろいろな自分がねむっているんだ

えみさんははじめから新しいイメージをとらえていますね。
　ちがう自分になっている／こわい自分／やさしい
自分／一まい一まいの葉の中にはいろいろな自分が
ねむっているんだ
と、いう発見ですね。
「詩が生まれた」ということは、

「新しいイメージを発見した」ということだったのですね。
「新しいイメージをことばにできた」という喜びだったのですね。
　作って「発見」
　読んで「発見」
　伝えて「発見」
だから、詩って楽しいのですね。

第二章　詩が書けるとき

1　生活の中で

(1)……しているとき

①うたをうたうとき

うたをうたうとき
まど・みちお

①うたをうたうとき
わたしはからだをぬぎます
②からだをぬいで
こころひとつになります

こころひとつになって
かるがるとんでいくのです

うたがいきたいところへ
うたよりもはやく

そして
あとからたどりつくうたを
やさしくむかえてあげるのです
（まど・みちお少年詩集「まめつぶのうた」理論社）

「まど・みちお」さんの「うたをうたうとき」をもとに、あなたが歌を歌っている時の感じをとらえてみましょう。一つとらえたら、その感じをもとに、次の感じをとらえていきましょう。
　からだをぬぎます／からだをぬいで　というふうに……。
　つまり、しりとりイメージで歌を歌っているときの感じをとらえ、ことばにしていくのです。

うたをうたうとき
小五　野口優也

①うたをうたうとき
ぼくは心に花がさきます
②心に花がさいて心のスイッチがとまります
心のスイッチがとまって
③もう一人の自分があらわれます

そしてもう一人の自分が一人でうたいます
すると心のスイッチがはいり
本当の自分があらわれます
すると二人の二部合唱がはじまります
おわってみると
もう一人の自分はいません
まるで神かくしにあったみたいです

うたをうたうとき

小五　堤響

うたをうたうとき
ぼくは　笑顔になります
笑顔になって
体を左右へと動かします
右へ左へと動かしたら
勇気がわいてきます
勇気がわいてきたら
やりきれないなと思っていたことに
挑戦をします
挑戦したら

歌におれいを言います

うたをうたうとき

小五　長瀬早映子

うたをうたうとき
わたしの心に花が一りん咲きます
心に花が一りん咲いて
ホワッと心が春になります
ホワッと心が春になって
風といっしょに散歩するのです
風にのってサーフィンです
みんなをサーフィンにさそいます
花一りん咲かせてあげるのです

うたをうたうとき

小五　さとうゆうと

うたをうたうとき
ぼくは　心の中に入ります
心の中に入って目をあけます
目を開けて口を開けます
口を開けて歌を歌うのです

歌を体の中から飛ばします
ぼくの思いといっしょに飛ばします
なによりも　どこよりも
多く飛ばすのです
そして　心を開くのです

うたをうたうとき

築地原正浩（大学生）

うたをうたうとき
わたしは冒険します
冒険していろんな敵に出会います
その敵を私は心も体もぶつけて
仲間にします
うたを歌い終えた時
そこにはいろんな仲間がいる
そして、その仲間と一緒に
さらに冒険するのです

うたをうたうとき

佐保優輝（大学生）

うたをうたうとき
わたしはくつを脱ぎます
くつを脱いで暗闇と一つになるのです
暗闇と一つになって
体に歌を込めるのです
歌が飛んでいけるように
まぶしく光をてらして
そして、後から飛んでくる歌を
体の中にしまうのです

---

②……しているとき

おこった時

小四　岡さと子

おこった時
私は　はりねずみになる。
なんでも
そこらの物をけちらして
自分の場所をつくる。
ありのように
しょくりょうをすこしためて。
きげんがなおるまで

しばらく
とうみん。

あそんでいる時

小五　矢加部逸

あそんでいると
ぼくは
浦島太郎になる

楽しいことをしている時

小六　森田一俊

ぼくは
自分で楽しいことを
している時
テープになる
テープのように
そのことにねばりつく

光

小六　長野太亮

ぼくはスポーツの
ことになると
光になる
ピカッー
頭のしんまで
かがやく

テスト

小五　大薮輝之

テストで、わからないとき
ぼくは、石になる。
熱くなって、
どんどん手の先が固くなる。
そしていつのまにか石になっている。
手がふるえて
文字が書けない。

ますますわからなくなって
どんどんどんどん固くなる。
手から頭、足、そしてからだ、
そして全体が石になる。
ぼくは、

どうしたらいいのかわからなくなってしまう。
何を考えているのかわからなくなってしまう。

もう、だめだ。
と思ったとたん
ピカッとひらめく石の光。
わかった！

お母さんにおこられると

小五　古澤千紘

お母さんにおこられると
カチン
わたしはこおりになる。
体がすきとおり
カチンと固まる。
ガラスのようにとう明の
強いこおりになる。
「勉強しなさい。」
ツルーン
「宿題おわったの。」
ツルーン

お母さんはガミガミ何か言っている。
けれど、わたしには聞こえない。
お母さんの言った言葉は、
わたしの上をすべって
どこか遠くへとんでいく。

僕は犬

小五　近藤加津人

指名されると
僕は犬になる
心ぞうがドキドキして
口のまわりに毛がはえてくる
ひげがのびて
気持ち悪い
毛がはえてはずかしい
ひげがのびて変な顔
はずかしくて声がでない
僕はしっぽをまいた
クウーンクウーン
みんなと言葉がつうじない

グゥォーングゥォーン
僕はしっぽを立てていく
言葉のアンテナにふれるまで

(2)心が変わるとき

①……の日は

さみしい日は／そよかぜになりたい／

これは新川和江という詩人の詩の書き出しです。

みなさんは、さみしい日は何になりたいですか。

・鳥になりたい
・ふうせんになりたい
・雲になりたい

まず、なりたいものに変身しましょう。

新川和江さんは、そよかぜに変身して、どんなことをしたのでしょう。そして、どんなになったのでしょう。

木　　新川和江

A
さびしい日は
そよかぜになりたい

B
野原にすっくと立っている
あの　ポプラの木のところへ
吹《ふ》いてゆくのです

C
感じやすい心を持った
優《やさ》しいお兄さんのように
ポプラは　わたしのなやみごとを
すっかり聞いてくれるでしょう
ひらひら　ひらひら　ひらひら
かぞえきれない緑の耳をそよがせて

（「野のまつり」ジュニアポエムシリーズ　銀の鈴社）

A　変身　B　変身してしたこと　C　その結果どうなったか

変身イメージをどんどん広げて詩にしていますね。

みなさんも変身イメージを広げて詩を書いてみましょう。

さびしい日

小五　長瀬早映子

さびしい日は
ゆきになりたい

あたり一面にひろがる花のところへ
しんしんとふって
つもってつもって
花をやさしくつつみこみたい

明るい心を持った
むじゃきな妹のように
花はわたしを明るく明るく
世界一の花のように
きらきら照らしてくれるでしょう
ピカッ　ピカッ

心のたんぽぽ

小五　野口優也

かなしい日は
たんぽぽになりたい
たんぽぽになって
風に吹かれて
飛んでいきます。
そしてかなしさを忘れて
どこまでもどこまでも
飛んでいきます。すると、
野原におりて土に
種をうめます。そして
かなしさなんか忘れて
新しい自分が生まれます。
そしてどんどん育って　また
新しい自分を生んで　また
どこかへ飛ばします。
このことは、
ぼくの心の中の話です。

私の雨

小五　山口真実

うれしい日は
雨になりたい
そして

風にのって花や木たちの
とうめいなぼうしになるのです

一人ぼっちの日は？
小五　武末かおり

一人ぼっちの日は
地球になりたい
空色のTシャツをきて
みどりのズボンをはいて
かたつむり君の
うずまきのこまの
タクシーで
くるくるまわりながら
宇宙を
見物したい

（拙書『子ども・詩の国探検』教育出版センター）

---

②……よ……に変われ

ぶどうに種子《たね》があるように
高見《たかみ》　順《じゅん》

ぶどうに種子《たね》があるように
私《わたし》の胸《むね》に悲《かな》しみがある
青《あお》いぶどうが
酒《さけ》になるように
私《わたし》の胸《むね》の悲《かな》しみよ
（　）になれ

（高見順詩集　現代詩文庫　思潮社）

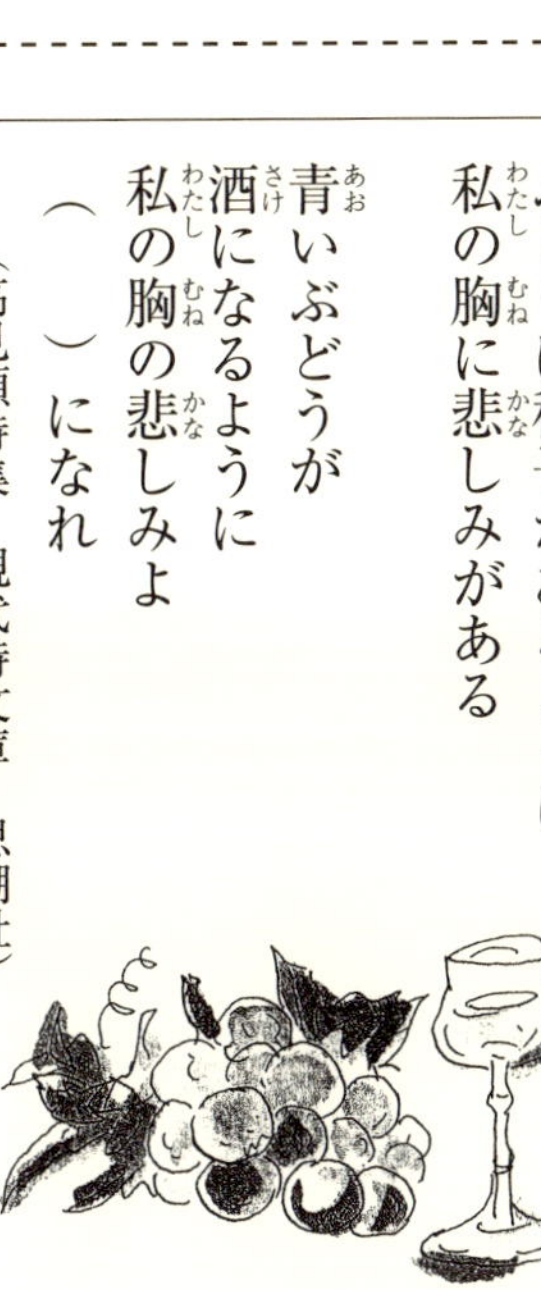

私の胸の悲しみよ／（　）《なに》になれ／でしょうか。

楽しさになれ。

嬉しさになれ。

喜びになれ。ピンポン。そのとおりです。

　みなさんたちも「○○よ、○○に変われ」というものをさがしてみましょう。そして、「……のように」と比喩を使って詩に書いてみましょう。

空に太陽があるように
小五　志岐洸輔

くもはどっかへいくのに
いたずらはどこにも
行かない
だけど空に
太陽があるように
いたずらの中にも
よさという物がある

いたずらよ
ぼくのよさに
変われ

時計の針が動くように
小五　相島直之

いやなことがあったら
遠くににげだしたい
時計のはりのように
かくじつに動きたい
でも時計のはりがもどるように
いやなことも
また、もどってくる
いやなことよ。
時計の音のように
いい音になって
もどってこい

カレーをにこむように
小五　山科可珠子

苦い苦しみを
幸せにするには、
カレーと同じように
悲しみも喜びも
みんな
カレーのなべににこんでしまう
何もかもぶちこんで
じっくり時間をかけてにこむんだ
そして、一ばんねかせるんだ
ね、心がぬくもったよ。

いやな心

小五　高田飛鳥

エンピツでかいた字は
けしごむでけせるのに
どうして
私のいやな心は
けせないんだろう
おもいっきり大きなけしごむで
私の中のいやな心を
けしてしまいたい
そしたら
楽しくてすっきりするのに

フライパンのように

小五　大橋知輝

フライパンのように
熱くても熱いと言わず
自分の仕事をやりとげたい。
フライパンのように
何でもおいしく焼き上げたい。
フライパンのように

何も言わないで
自分の仕事をもくもくと
やりとげたい

ジェットコースターのように

小五　古澤千紘

ジェットコースターにのるときのように
自分のゆめにのろう
そして
いきおいよくスタートしよう
レールの上をまっすぐ
それが
どんなに恐ろしくても
悲鳴をあげたくても
スピードをあげて
ゴールをめざそう
あきらめられない
ゆめだから……

2　わたしの中に

(1)「わたし」ということばの中に

「わたし」という三文字のことばの中にどんなことばが「かくれんぼ」しているでしょう。鬼さんになって、みんな見つけてください。

わた／わし／しわ／たわし／した／たし／わ／た／し

そうですね。九つのことばが隠れていますね。

三島慶子さんは、「わたし」の中に隠れている九つの言葉と自分の思いや願いを結び付けて、次のような詩を書いています。

その一部を紹介します。

わたし

三島慶子

わたしのなかに
たわしが　あるから
ちょっといたいけど
こころをみがく
わたしのなかに
わたがあるから
つかれたときは
ふかふかねむる
…
わたしのなかに
しがあるから
いまかいている
わたし

（「空とぶことば」理論社）

前後あわせて三連紹介しましたが、まだ六連あります。たわし／わた／し／を除いた言葉を使ってみなさんも「わたし」という詩を書いてみましょう。

わたしのなかに
わがあるから
友だちを

小六　古賀稜二

いっぱいつくる

わたしのなかに
したがあるから
食べ物を
たくさん味わう

わたしのなかに
わしがいるから
鳥みたいに
空をとぶ

わたしのなかに
たがあるから
たを耕して
作物をつくる

わたしのなかに
しわがあるから
年をとって
しわができる

わたしのなかに
わがあるから
友だちとつながりを
つくっていく

わたしのなかに
したがあるから
おなかがすいたら
パクパク食べる

わたしのなかに
しわがあるから
悲しい時
クチャクチャへこむ

わたしのなかに
わしがあるから
悪い虫を
食べつくす

小六　江崎百香

わたしのなかに
たがあるから
ほかのことを
考えるわたし

日頃結び付かない言葉と言葉（「わたし」とわ／「わたし」とした等）を結び付けるだけで、思いもつかなかった自分の思いを発見することができるでしょう。

⑵ぼく・わたしの未来のプロフィール

わたしのプロフィール
U・K

わたしは頭は悪いし
字がきたないし
すぐ忘れる
なにかメモをしても
そのメモ紙を
どこにおいたか忘れてしまう
しかし
生き物にならやさしくし
元のすみかにもどしてあげる
友達がかえしわすれた
ダンゴムシだって
わたしがかえしてあげたよ
小さな命をつなぐために

わたしのプロフィール
T・M

わたしはなまけものだから
しなくてはいけない事を面倒くさがって
後回しにしてしまうし
短気だから
ちょっとした事でイライラするし
おっちょこちょいだから
階段でこけてけがしたり
自転車ごとたおれて足をはさんだり
ボロボロだ
しかし
友達をつくるのなら大とくい
どんな人とでも出会ってすぐに

仲よしこよし
それに
負けずぎらいだから
どんな事もあきらめない
心強い女の子

これは、「わたし」の現在の短所と長所のプロフィールですね。今日は、みなさんたちが短所と思っている部分をもとに未来のプロフィールを書いてもらいましょう。
「えっ、未来のプロフィール？」
では、「ぼくの未来のプロフィール」を読みます。

ぼくの未来のプロフィール

ぼくはおじいちゃんより忘れん坊
きのうの宿題は忘れるし
体操服忘れはしょっちゅうだし
塾へ行く道も忘れて
母さんに怒られるし
始業式にもらった

新しい六年生の教科書は
帰り道、どこに置いて来たか
忘れて、先生をあきれさせたし
自分の誕生日も忘れてた
しかしよ
忘れることもいいことだ
勉強、勉強と
追っかけられることはなし
頭はいつも青空、澄み渡ってる
けんかしたことなんか忘れて
すぐ仲良くなれるし
母さんや先生にしかられても
すぐ、にこにこできるし
失敗したってすぐ忘れ
新しい挑戦ができる
でもよ、
成功したことは
絶対忘れないぞ。

「ははは……」
「うふふ……」

（筆者の創作）

みんな、笑い出しましたね。

「どこがそんなにおかしいですか。」

「魔法使いのように短所を長所に変えているところがおかしいです。」

「うそを書いているところが一番面白いです。」

「しかしよ／で短所を逆転させているところが愉快です。」

「でも、うそを書いていいのかな。」

「では、もう一度『しかしよ』から読んでみましょう。どうですか？　全くのデタラメですか。」

「何か願いのようなものがあるような気がします。」

「こんなになったらいいなあという願いがこもっているような気がします。」

「忘れるという短所を長所に変えるといいことがいっぱいあることを見つけているような気がします。」

「願いのこもった大うそを書いているのですね。では、『でもよ』から後を読んでみましょう。」

「新しい考えを見つけています。」

「未来へのいきごみが感じられます。」

「新しい自分発見をしているような気がします。」

「短所を長所に変えて発見したことを書いています。」

未来へのプロフィールの書き方がわかったようですね。

ぼくの未来のプロフィール

（K・T）

ぼくは集中力が足りない
勉強するときも足りないし
人の話を聞くときも
集中力が足りなくて
人の話を聞きのがすときもある
しかし
集中力が足りないことも
いいことだ
勉強するときは
リラックスできるし
リラックスすると
しぜんに勉強が頭に入ってくる
でもよ

大切な時は絶対集中する

ぼくの未来のプロフィール

（I・K）

ぼくは、おっちょこちょいで
すぐ階段で
こけそうになるし
よく石につまずいてしまう
しかし
おっちょこちょいもいいことだ
こけることで、手や足が
強くなり
どんな時にもけがしない
こけて地面を見てみると
めずらしいものがうまってて
すごいお宝大発見
でも
テストの時は
絶対こけない

わたしの未来のプロフィール

E・K

わたしはドジ
みんなの前でこけたり、
何もない所でこけたり、
こけてケガして病院へ行って
病院代がかかったとお母さんに怒られる
新しい服もこけてよごれてしまったり、
しかしよ
こけることもいいことだ
笑顔じゃない人の前でこけて
たちまち笑顔にできるし
こけて、泣いている赤ちゃんを
泣きやませることだってできる
なやみごともこけてすぐかいけつ
こけてみんなの人気もの
でもよ、
大事な場では
絶対こけない

わたしの未来のプロフィール

T・M

わたしは、面倒くさがり屋だし
しつこいし
歩くののろいし
負けずぎらい
しかし
面倒くさがりでも
心の中で「え〜」って言ってるだけで
ちゃんとやってる
しつこいけど、ちゃんと
自分の思っていることは言ってる。
負けずぎらいもいいことだ
失敗したまんまじゃ
あんまりいい気持ちには、ならない
だから、失敗しても
また挑戦できる
でもよ、
ほめられたことは
全体忘れない

※未来のプロフィールは（児童詩教育とユーモア「伊奈かっぺい氏の授業が示唆するもの」児玉忠　季刊誌「えぽっく」第34号）を参考にしている。

「ぼく・わたしの未来のプロフィール」を書き終えた気分はどうですか？

「願いのこもった大うそは、普通の文とちがって、思いっきり自由に書けるので、とても楽しかったです。」

「短所が本当に自分の長所になっていくような気がして不思議な気分になりました。」

「何だか自分の理想を見つけられたような気がしました。」

　大うそを楽しみながら、自分の本当の思いや願いを見つけたような気がしたのですね。

　大うその中から自分の本当の願いを発見したのですね。

　今まで短所だととらえていた見方を長所だという逆転の発想でとらえ直してみると、新しい考え方ができて、自分の本音《ほんね》を発見できるのですね。

(3)ぼく・わたしの願いさがし

①比喩による重ね詩

黒田三郎さんの詩の一部分です。読んでみましょう。

落ちてきたら
今度は
もっと高く
もっともっと高く
何度でも
打ち上げよう

「何を打ち上げているのでしょう」

「ボール?」

「ビーチボール?」

「この詩の題名は紙風船です。もう一度読んでみましょう。」

「紙風船を高く高く何度も何度も打ち上げているみたいです。」

「では、黒田三郎さんの詩を全部読んでみましょう。」

紙風船

黒田三郎

落ちて来たら
今度は
もっと高く
もっともっと高く
何度でも
打ち上げよう
美しい
願いごとのように

(黒田三郎詩集　現代詩文庫　思潮社)

「もっと高く/もっともっと高く/何度でも打ち上げているのは、紙風船でしょうか。それとも願いごとでしょうか。前と後を読み比べてみてください。」

紙風船　黒田三郎

（紙風船が）
落ちて来たら
今度は
もっと高く
もっともっと高く
何度でも
打ち上げよう

美しい
願いごとのように

美しい願いごと
（美しい願いごとが）
落ちて来たら
今度は
もっと高く
もっともっと高く
何度でも
打ち上げよう

紙風船のように

「美しい願いごとでしょう。紙風船だったら、美しい／願いごとのように／はいらないと思います。」
「美しい／願いごとをかなえたいという思いを、紙風船を打ち上げる様子と重ねて書いているのですね。このように、自分の思いや願いをぴったり表してくれるものに重ねて書くと、自分の思いや願いを目の前に見えるように表現することができるのですね。」

②「なりきる」ことによる重ね詩

（ア　）人になりたいと願う時　私は（イ　）になります。

（イ　）

わたしはなっ豆
ねばってねばって
ねばりができる

小五　山科可珠子

おはしに
ねばってねばって
うつわにも
ねばってねばって
水にも流されず
ねばってねばって
空気にも
ねばってねばって
自分の道に
からみついていく

「この詩の題は、何でしょう」

「なっ豆でしょう」

「どうしてなっ豆と思うのですか」

「ねばって／ねばって／ねばって／と何度も繰り返しているからです。」

「私も同じです。おはし、うつわ、水にも流されず、空気にもねばっているからです。」

「おはし／うつわ／水／空気と／どんどんねばりが広がり強くなっています。」

「そうですね。その様子は、どんな願いとぴったりなのでしょう。」

「納豆のようにねばり強い人になりたいという願いとぴったりだと思います。」

「そうです。アねばり強い　イ納豆です」

「『紙風船』と同じように自分の願いを納豆のねばりと重ねて書いていますね。『紙風船』は比喩の書き方で重ねていますが『納豆』は、納豆になりきるという書き方で重ねていますね。本当によく重なっているでしょう。では、重ね方の種明かしをしましょう。


まず、自分の中にある願いを見つけます。

次に自分の願いと『ぴったりのもの』を見つけます。

最後に『ぴったりのもの』の特長を見つけます。

山科さんのなっ豆の特長図は次のようなものでした。

特長図

なっ豆
- ねばねば　ねばりつく
- おはし、うつわ何でもねばりつく
- 水で流してもねばっている
- 空中でも糸をひいてねばっている
- 自分でねばりをつくる

じぶんだからできることを
自分で見つけて
自分一人でやってのけて
自分自身の証明を
見つけたい

③特長図をもとにした願い詩

「私らしい最高の自分でありたいと願う時」私は「じょうぎ」になります。

特長図

じょうぎ
- かたい
- まっすぐな線
- 曲がらない
- 正しくはかる
- きれいな線

じょうぎのように

小五　鶴田法子

じょうぎのように
真っすぐの心でいたい
じょうぎのように
人のために何かしてあげたい
じょうぎのように
何があっても曲がらないでいたい
じょうぎのように
自分にしかできないことをやりたい
じょうぎのように

自分にあった仕事をしたいと願う時
ぼくは　電球　になります。

特長図

電球
- つるっぱげ
- 光る
- 明るい
- 光る仕事をいっしょうけんめいする

電球

小五　山田英明

ぼくは電球
つるっぱげでいいじゃないか。
ひからなくちゃ
仕事にならないじゃないか。
つるっぱげでなくては、
おれじゃないじゃないか。

（拙書『詩の国は白い馬にのって』より）

世界から争いが消えてほしいと願う時
ぼくは、禁煙席になる

禁煙席

小六　外尾隆也

ぼくは　禁煙席
ルールを決めてしたがわせる
体に悪いことはさせない
争いというたばこをすわせない
地球を禁煙席にかえてみせる
そして、
争いというたばこをなくす
これから、禁煙席の場所を
広げていく

禁煙席

- その場からたばこをなくす
- 空気がきれい
- かこまれている
- 人の命を救う
- 煙がはいってこない

あきらめないと思うとき
ぼくは血まめになる

血まめ

小六　渡辺翔平

ぼくはまめ
ぼくは血まめ
めだたなくてもいいじゃないか
やぶれて
やぶれて
どんどんかたくなって
かちたいと願うしょうこじゃないか
あきらめないしょうこじゃないか
おまえが願わないと
おれのでばんはないじゃないか
おまえらしくないじゃないか

血まめ

- やぶれてやぶれてかたくなる
- かちたいと願うから
- あきらめないしょうこ
- どりょくしたらできるから

へこたれないぞと思う時
ぼくは釘になる

特長図

釘
- 打たれる。かたい。強い。
- 打たれたら動かない
- 同じところにふんばっている
- まわりの木がくさっても動かない
- 毎日がんばっている

釘

小五　山下大貴

打たれても、打たれてもおれない
打たれても、打たれてもへこたれない
かたくてとても強い。
一度打ったら
何十年も何十年も
動かずじっとしている。
じっとしているあいだに
くさって年をとってしまっても
動かない。
地震のときこそがんばる。
ずっとたえる。

たえてたえてがんばる。
今日もがんばっている。

「特長図からイメージを広げ、自分の願いや思いと重ねていく詩を書いてみて、どんなことを感じましたか。」

「とても不思議な感じがしました。イメージがどんどん湧いてくるんです。そして、そのイメージに自分の思いが乗ってくるんです。書き終わって、『えっ、わたし、こんなことを思ってたんだ。こんなことを願ってたんだ』と気づかされて驚きました。」

「重なるイメージをWイメージというのですが、Wイメージの威力ってイメージを発展させるだけでなく、そのイメージの中に、新しい自分の思いや願いを発見することができるのですね。詩を書くってことは『自分さがし』をするということなのかもしれませんね。」

3　わたしって何者

(1)わたしを他の目から見ると

①わたしを……から見ると

谷川俊太郎さんの「わたし」という詩の一部です。

（　　）を考えてください。

わたし
おとこのこから　みると（　　　　）
あかちゃんから　みると（　　　　）
おかあさんから　みると（　　　　）
おとうさんから　みると（　　　　）
せんせいから　みると（　　　　）
すずめから　みると（　　　　）
きりんから　みると（　　　　）
ありから　みると（　　　　）
レントゲンから　みると（　　　　）
山の上から　みると（　　　　）

はるかぜから　みると（　　　　）
（　　　　）みると（　　　　）
（みえる詩　あそぶ詩　きこえる詩　はせみつこ編　冨山房）

書き終わったら続きを書いてみましょう。

わたし
小五　古賀涼子

おとこのこから　みると（女の子）
あかちゃんから　みると（お姉ちゃん）
おかあさんから　みると（子ども）
おとうさんから　みると（子ども）
せんせいから　みると（せいと）
すずめから　みると（空をとべないけど大きな人）
きりんから　みると（せのひくい人）
ありから　みると（かいじゅう）
レントゲンで　みると（ほね）
山の上から　みると（豆つぶ）
はるかぜから　みると（たいじゅうがおもい人）
木から　みると（よくうごく人）
がっこうから　みると（ぺっちゃんこ）

ピアノから　みると（つぶす人）
きれいな　花から　みると（きたないやつ）
か　から　みると（おいかけてきてころすやつ）
ほそーい木から　みると（デブ）
えんぴつから　みると（せをひくくするやつ）
テレビから　みると（ちゅうもくするやつ）
けしゴムから　みると（ボロボロにするやつ）
いすから　みると（ふまれるやつ）
ランドセルから　みると（おんぶしてくれるやつ）
かがみから　みると（かがみ）
たいようから　みると（ねったいぎょ）

たくさんの他の目から「わたし」を見ましたね。その中で反対になっているものを見つけて「つけもののおもし」（まど・みちお「てんぷらぴりぴり」大日本図書）をまねて、「反対になるぼく、わたし」の詩をつくりましょう。

②反対になるぼく・わたし

反対のようで

レントゲンからみると（ほねぶとのようで）
おすもうさんからみると（ほそいようで）
きりんからみると（ちびのようで）
ありからみると（巨人のようで）
カからみると（ごちそうのようで）
くだものからみると（じゅくしてないからまずそうで）
川からみると（みじかいようで）
えんぴつからみると（長いようで）
ゴジラからみると（ゴミくずのようで）
ライオンからみると（エサのようで）
顔と名前があわないやつのようで
動物のようで虫のようで
ぼくっていったいなんだ

小五　天野雄太

ぼくって？

小五　小山竜生

豊臣秀吉から見て　なまけ者のようで
人形から見ると　頑張りやのようで
宇宙から見ると　１㎜のようで

虫めがねで見ると　巨人のようで
太陽から見ると明るく元気のようで
月から見ると　暗くてかなしいようで
鏡から見ると　美人のようで
指名手配の写真から見ると下品で恐ろしいようで
船から見ると浮かんでいるようで
岩から見ると泳いでいるようで
巨大なようで
ものすごく小さいようで
流れているようで
とまっているようで
ぼくっていったいなんだ

(2) わたしを比喩《ひゆ》してみると

「自分を他の者にたとえてみると何みたいだと思いますか。」

「ぼくはのろいからかめかな。」

「わたしは、モンキーかな。さわがしいから。」

「では、次の詩の（　　　）を考えてみてください」

---

① 「わたし」あてクイズ

（ア　　　）　　　小五　古賀直樹

ぼくは（ア　　　）
いいじゃないか（ア　　　）だって
そんなに見くだすなら
こんなに小さくなってみろ。
こんなに固くなってみろ。
こんなにめだたなくなってみろ。
一度ぐらいぼくをしっかりと
手のひらににぎってみろ

（拙書『詩の国は白い馬にのって』より）

（イ　　　）　　　小五　横山真也

ぼくは（イ　　　）
いつも、海のおふろにはいるんだ
まっさおの石けんで
まっかにやけた体をあらうんだ
船のきてきにのってしまうんだ

カモメのおどりを見ながら
夕食をとるんだ
七色の光のスパゲッティ
わかめのサラダ
たい、ぼら、いかのさしみ
しお風のスプライト
岩しぶきのあわプリン
おなかいっぱいごちそうを食べたら
波のハンモックにゆられてねむるんだ
まるい体を
こなごなにちらして
明日の光をつくるんだ

（ウ　　）

小五　竹内秀光

ぼくは（ウ　　）
水そうの中の（ウ　　）
えさをもらっていることも
およいでいることも
知らない
波の強さも
地平線の遠さも
公害のおそろしさも
知らない
今はもう
手も足も
すっかりたいかして
風のふく方向に
ひれをなびかせるだけ
いっしょに
たわむれて遊ぶ楽しさも
いっしょに
潮の流れにさからうくるしさも
知らない
何となく
口を動かし
何となく
体を動かし
何となく
浮いている

（拙書『詩の国は白い馬にのって』より）

（エ　　）

わたしは（エ　　）

小五　藤吉ふさ子

そう
あれは
ついこのまえ
わたしが通ったあと
やなぎの芽が首をかしげた時
小さな小さな
草の子どもたちが
緑色のにおいを
プシャッともちあげるのを見た時
わたしは
おかしくて
草の子どもの上を
しんかん線のように
つっ走った
草の子は
地面に
はいつくばって
ふるえた
わたしは
ますますおかしくなって
こんどは
ジグザグ行進をかけた
草の子は
はり子のトラのように
首をふっていやいやした
この時とばかり
わたしはジャンプし
らせんかいだんをかけおりるよう
うずまいた
草の子は目をまわして
たおれてしまった。

ところが今、
わたしは
プチプチとした草のにおいに
おしつぶされようとしている
しゃきっとのびた
するどい葉先に後ずさりしている
みんな知っているだろうか？

どんな太陽のあついいやがらせにも
ビクッともしない
草の子の強さを……
わたしはもう
あの草の子を
たおすことはできない。
どんなに
ふきまくっても
またもとどおり
ピーンと
自分の空を見つめる
あのかがやく緑のひとみを
ふきけすことはできない。

（拙書『詩の国は白い馬にのって』より）

ア（石）イ（太陽）ウ（魚）エ（風）

どの詩が「いいなあ」と思いましたか。

それはなぜですか。あなたの感想をお友だちに話してあげてください。

どの詩も、自分の思いとぴったりのものになりきって書いている詩ですね。

「石」という詩は小さい存在、めだたない存在、中味も固くておそまつな存在である自分を石のイメージと重ねることによって、切ないまでの自己存在を主張しているでしょう。みろ／みろ／みろ／みろ／という命令形の繰り返しが、自己存在の強さを表していますね。

太陽は、明日への希望に燃えている自分の姿を美しく表現していますね。「魚」は反対に自分を見失って呆然としている姿を魚の様態と重ねて表現しているようですね。「太陽」も「魚」も自己の姿をぴったりするものの様態と重ねて描き出すことによって自己発見をしていますね。

ところが「風」は、イメージが変化しています。はじめは、草の子に対して強い勢いをもっていた風が、草の子のすさまじい成長に対応できなくなっています。相手の成長に目を見はる自分の姿を発見しています。そして、自己変容をしていますね。

このように、詩を書くことによって、自己主張したり、自己発見したり、さらには、自己変容したりしていくことができるのですね。

(3) わたしの個性

①私の一番の特性

「あなたの一番いいところはどんなところですか。」

「私は友達がたくさんいることです。」

「ぼくは、係の仕事を最後までやりとげるところです。」

「わたしは忘れ物をしないところです。」

「ぼくは人の話をよく聞いてあげるところです。」

「あなたのいいところや特ちょうを伸ばしていけば、すばらしい個性になるでしょうね。」

②特性を伸ばす詩

われは草なり
高見順

われは草なり
伸びんとす
伸びられるとき
伸びんとす
伸びられぬ日は
伸びぬなり
伸びられる日は
伸びるなり

われは草なり
緑なり
全身すべて
緑なり
毎年かわらず
緑なり
緑のおのれに
あきぬなり

われは草なり
緑なり
緑の深きを
願うなり

ああ　生きる日の
美しさ
ああ　生きる日の
楽しさよ
われは草なり
生きんとす
草のいのちを
生きんとす

（高見順詩集　現代詩文庫　思潮社）

あなたを、ズバリたとえれば何ですか
・おれはとらだ
・ぼくはかたつむりだ
・せっしゃはぼたんである
・わたしはあり
・ぼくは麦
一番の特ちょうは何ですか
・気が短くておこりんぼ
・すなおでやさしいのんびりや
・夢中になりすぎる
・ねばり強い
・がんばりや
特ちょうをどのようにしていきたいですか
・気を長くし、口のわるさを直していきたい
・もう少し早くやれるようにしていきたい
・やり通すことができるようにしていきたい
・見通しをもってくらしていきたい
・まっすぐまがらないように気をつけていきたい

自分の特ちょうを「われは草なり」をもとに、四連で書いてみましょう。

おれはとらだ

小五　田中利明

おれはとらだ
気の短いとらだ
がんばる時は
走り回る
つかれた時は
一休みする
おれはとらだ

元気がいいぞ
体じゅうすべて
元気がいいぞ
気が短くて
すぐおこる
それに
口がわるい
すぐライオンと
けんかする

おれはとらだ
気を長くし
口がわるくないように
早くなりたい

おれはとらだ
新しい
進歩にむけ
おれは本当のとらとして
がんばるぞ

ぼくは　かたつむりだ

小五　待鳥匠

ぼくは　かたつむりだ
のんびり
のんびり
雨の日も
のんびり
のんびり
少しずつ
のんびり
のんびり

ぼくは　かたつむりだ
元気な
かたつむりだ
すなおで　やさしい
のんびりやの
かたつむりだ

でも
あんまりのんびりやでも

いやだ
ぼくは　かたつむりだ
のんびりやのところを
もうすこし
はやくしたい。

せっしゃはぼたんである

小五　金子朋代

せっしゃはぼたんである
いつもくきに
へばりつき
地面におちないよう
がんばり生きている

せっしゃはぼたん
真っ赤にもえつき
色づくぼたん
炎の赤にも
負けないくらいの
真っ赤なぼたん

せっしゃはぼたん
時々やり通すことを
わすれてしまう
だから花びらが
ちってしまう

やり通すことを
わすれないため
大きな実をさかせ
次の花で
もっともっともえつきたい

ぼくは麦

小五　古賀陽子

ぼくは　麦
風にザーッとおされると
波のように　流れていく
風にサラサラおされては
少し　少し
伸びてゆく

光をぽろりと　おとされては
少し少し
伸びてゆく

ぼくは　麦
せすじを　ピン　と
のばしては
黄緑頭をゆらしてる
緑の体は　はれやかに
きらきら　さらさら　光ってる
のばした　せすじが
まがらないよう
上だけを向いて
伸びていく

こぼれる光をうけながら
つるつるの雨をすいながら
すずしく流れて
まぶしく　まぶしく
生きていく

4　もう一人の「わたし」

(1)わたしの中のもう一人のわたし

なまけ忍者《にんじゃ》
—それは　もうひとりのぼく—
荘司《しょうじ》　武《たけし》

ぼくの　おへやの　すみっこに
なまけ忍者が　かくれてる
ぼくが　べんきょう　していると
なまけ忍者の　ひくい　声《こえ》
—ちょっと　テレビを　つけてくれ
　つづきまんがを　見《み》たいのじゃ
なまけ忍者に　さそわれて
ぼくも　テレビを　見てしまう

ぼくが　おそうじ　はじめると
なまけ忍者の　ひくい　声
——どうせ　また　すぐ　よごれるよ
　むだな　しごとは　やめなされ
なまけ忍者が　いるかぎり
なにを　やっても　ぼくは　だめ
　なまけ忍者よ　おねがいだ
はやく　どこかへ　消《き》えてくれ！
（「トマトとガラス」かど創房）

「わたしの中にもなまけ忍者がいます。」

「ぼくの中にもいます。」

「ほかにどんな忍者がいますか。」

「さぼり忍者がしょっちゅうやってきます。」

「ぼくの中にはお調子者忍者がいます。」

「やる気を吸い取る忍者がやってきます。」

「わたしやぼくの中には、困った忍者がやってきて、いろいろないたずらをしているみたいですね。

　どんな忍者がやってきて、どんなことをやるか、忍者の正体をとらえてみましょう。」

だつごく犯

小六　井口健

ぼくの心のかたすみに
だつごく犯がかくれている
レクリェーションをしているとき
だつごく犯の太い声
—だれもみちゃいねえよ
　やっちまえよだっそうを
だつごく犯におどされて
ついついだっそうしてしまう
ぼくがケイドロをしているとき
だつごく犯の太い声
—やっちまえよだっそうを
　おまえの足ならにげきれる
だつごく犯におどされて
ついついだっそうしてしまう
おまけにみんなにブーイング
ああ　ああ　だつごく犯
たのむからけいさつに自首してくれ！

やる気ないない虫

小六　田島優貴

わたしの体の中に
やる気ないない虫の
大きな大きな
巣（家）がある
わたしがやる気がある時は
体の中の巣を広げて
わたしのやる気を
吸い取ってしまう
わたしがキンチョウルで
倒そうとしても
なかなか倒れない
この虫は一度住み着いたら
なかなか出て来ない
その名はやる気ないない虫

ねずみ

小六　仲田りさ

私の心の中にねずみがいる
お調子ねずみ

調子に乗らないように
と調子をためる
心の中のねずみが心のふくろを
ガブッ
と音をたてて穴をあけた
いつもの調子に乗ってしまった
がっかりする度にねずみは、
かん高い声で
「いくらためてもかんでやる」
といばるんだ。
どこかいけといっても　しぶといねずみ
「死んでも一緒、むだ、むだ」
といつまでもいう
さっさと　いけよ　心のねずみ

(2)「わたし」の中のつなひき

なまけものとがんばりや

小六　野口雄大

ぼくの後ろにはいつも
なまけものとがんばりやがいる
ぼくが勉強やってると
なまけものが
そんなことやってないで
テレビを見た方が楽しいぞ
すると今度はがんばりや
テレビばっかり見てないで
ちゃんと勉強やらないと
苦しむのは自分だぞ
そうやってなまけものと
がんばりやは戦っているんだ
なまけものが勝つときもあれば
がんばりやが勝つときもあるんだよ

さぼり悪魔とがんばり天使

小六　高田洋平

僕の心には
さぼり悪魔とがんばり天使がいる
どっちかというとさぼり悪魔が強い
ぼくが宿題をしていると
がんばり天使は感心している
さぼり悪魔はいらいらしている

悪―先週のテレビの続きを見ようぜ
さぼり悪魔にさそわれて
ぼくはテレビをつけてしまう
天―まだ宿題終わってないじゃないか
　終わらせろよ
悪―テレビが先だ
天―宿題が先だよ
心の中で争いがおき
ぼくは気絶した
目がさめると心の痛みはなくなった
宿題はまだ終わっていなかった
テレビはもう終わっていた
ぼくは複雑な気持ちで宿題をした

　わたしの中には二通りのわたしがいるみたいですね。

　この二通りのわたしは、いつもつなひきしているみたいですね。

　みなさんたちの心の中には、どのような「わたし」と「わたし」がつなひきをしているのでしょう。すぐに姿を現わす「わたし」もいれば、なかなか姿を現わさない「わたし」もいるでしょう。つかまえたと思ってもするりと姿を消す「わたし」。始めて出会う「わたし」。

　さまざまな「わたし」が「わたし」につなひきを挑むようですね。

　さあ、わたしの中の「つなひき」を見えるように書いてみましょう。

　　きり　　　　　　　　　小六　西川千夏

でておいで
はずかしがらずに
でておいで
なんでそんなにはずかしがるの
すこしずつ
すこしずつでいいから
でておいで
遊んでやるから
でておいで
やさしくするから
でておいで

手

小六　橋本起代子

くもが犬の形をしていた
かわいいなあと思って
手をのばしたら
くもはちらばった

くもがバナナの形をしていた
おいしそうだなと思って
手をのばしたら
くもはちらばった

手をのばしたら
とどきそうなのに
くもにはとどかない

でも
手をのばし続ける
私

光

小六　古賀健治

くるなー
くるなー
光が鳴きさけぶ

美しいチューリップの花を
ぱっと写し出す光

ダイヤモンドをかがやかせてる
光

池のこいをいつも水面にうかばしている
光

でもうしろには黒ーいかげが
白いかすみをぬったような
にごったかげが……

光がかがやけばかがやくほど

かげは黒くなる
くるなー
くるなー
光は鳴きさけぶ

（拙書『詩の国は白い馬にのって』より）

(3)立ち上がる「わたし」

「わたし」に戦いを挑まれた「わたし」は、負けてはいられません。勝つためには立ち上がらねばなりません。

木

小六　西川千夏

さみしい木
一人ぼっちの木
それは私のこと
みんなみんな
風がさらっていってしまった
のこったのは私

ただ一人
さみしい広い野原に
ただ一人
そんな時
「一人でもまけてはいけない」
遠くのほうからはげましてくれる声
きりかぶの根づよいそのひとことで
立ちあがった私

ろうそく

小六　山田真由美

なにが　そんなに悲しいのですか？
ほのおの目が真っ赤ですよ。
光ることが　そんなにつらいのですか？
いいえ　いいえ　そんなことはありません。
私は一度でいいから、
花のように　ぱっとさいてみたいのです。
花火のように　ぱっと燃えてみたいのです。
でも　時の流れにのって

ただ同じあかりをともしているだけの私
私は　ほんとに光っているのでしょうか?
ただ光っているだけでは
なみだも流せません。
ただ流れているだけでは
本当に笑うこともできません。

今のうちに　強くなりたい
今、生きていることは何かを
じっくりと考えてみたい。

そして、
本当のあせを流して
光ってみたいのです。

（拙書『詩の国は白い馬にのって』より）

白い馬

小六　矢ケ部裕子

とうめいに近い白い馬が
伝説の中から
はい上がってこようとしているんです。

自分のたましいを
すきとおって見えない世界にいれこんで
心の形を表そうと……
だから、白い馬は、
朝つゆでできたとうめいな目で
伝説をじっと……
じっと……じっと……
白い足で立ち上がったままで
見つめています。

（拙書『詩の国は白い馬にのって』より）

あるべき未来への願いをこめて立ち上がりましたね。

あしたになると

小六　藤吉朗

あしたになると
ぼくは無口になってしまう。
親しい
友だちに声を
かけられても
まるでしかられた

赤んぼうの様に
しゃべれなくなってしまう
あしたになると
ぼくはふるえだしてしまう
あたたかい日ざしに
背をむけて
あなぼこをほるもぐらのように
土のにおいがこいしくなってしまう

あしたになると
ぼくはたちすくんでしまう
黄金色にみのった
いねのほ先の勢いに
けおとされたかかしのように
足もとが見えなくなってしまう。

あしたになると
ぼくはわすれられてしまう。
太陽のこわねにおどろいた
星のように
空のかなたにおしやられてしまう。

でもぼくは
今日の風にさからって
あしたの風に
とびのってしまう。

（拙書『詩の国は白い馬にのって』より）

何度も何度も、明日への挑戦を繰り返し、本当の自分（わたし）を見つけていくのですね。

自然の柱

小六　伊藤裕司

霜の中から
　一つぶの　蝶が
　　生まれ
上空へ
　飛びたっていった
光のもとへ
　飛びむかった
雲に
　さえぎられ

雨に
なきながら
目をぐっと光に向け
ひっしにとぶ
蝶。
大自然の中を
たった一人で
つきぬけてきた蝶は
もう力つきてしまった。
偉大な力の　持ち主よ。
流れと　ともに
身をけしてしまう　自然の柱よ。
蝶は目を
とじた。
自然の柱が
やみの中で
消えていく
ようだった。
また目を　開くとき
蝶は
自然の柱をつきぬけることが
できると思った。

「この『自然の柱』という詩は大自然の中の自分が、とても小さく感じたことを、書いたものです。偉大な力を持った自然の柱に、ひとりで立ちむかう蝶に、ぼくは、いろいろな事を考えさせられました。ぼくは気が弱く、とても、こんな事はできないのです。

ぼくの気の弱さが、自分を小さく見せ、大自然をとてつもなく大きな物に見せるのだと思いました。ぼくが、もし、蝶のように勇気をもって積極的に行動すれば、自然の柱でものりこえることができると思いました。」

（手記「詩を習って」伊藤裕司より）

5　重ね絵を描く絵かきさん

(1)宇宙船と重ねて

「みなさんは絵を見るのは好きですか。」

「好き、好き大好きです。」

「今日は、言葉で描かれた絵を見てもらいましょう。絵が描けたらこの絵に題名をつけてください。」


（　　　）

秋原秀夫

なのはなばたけの
一本のなのはな
の葉の上に

小さくおしゃれな宇宙船が
とまっていた
なのはなばたけに
春風が吹くと

小さな宇宙船は
急に美しい羽をひろげて
とび立った

なのはなばたけの
きいろい雲をつきぬけて

（「地球のうた」教育出版センター）


「さあ、この絵の題名は何でしょう。」

「『宇宙船』だと思います。宇宙船が二回も出てくるからです。」

「『小さくおしゃれな宇宙船』だと思います。」

「『小さくて美しい宇宙船』だと思います。おしゃれなとか美しい羽をひろげてとか書いてあるからです。」

「『羽のある宇宙船』だと思います。羽をひろげて／とび立った／と書いてあるからです。」

「『動く宇宙船』だと思います。はじめ、なのはなの葉にとまっていて、次に羽をひろげてとび立っていって、最後は雲をつきぬけていくからです。」

「『雲をつきぬける宇宙船』だと思います。雲を抜けて宇宙へ帰っているような気がするからです。」

「『なのはなばたけの宇宙船』だと思います。なのはなばたけに降りてきて、なのはなばたけをとび立ったからです。」

「みんな宇宙船が題名にはいっていますが、実は、昆虫の名前なのです。何という昆虫でしょう。」

「ちょうちょですか。」

「宇宙船の変わりにちょうちょを入れて読んでみましょう。」

「美しい羽をひろげて／とび立った／は、ちょうちょの宇宙船も似合うけど、とまっているところは、小さくおしゃれな宇宙船には見えないよね。」

「かなぶんですか。」

「かなぶんは、おしゃれなっていう感じじゃないよね。」

「あっ、わかった『てんとう虫』ではないでしょうか。」

「そうです。てんとう虫です。宇宙船のかわりに『てんとう虫』を入れて読んでみましょう。どうですか。」

「小さくておしゃれなも、美しい羽をひろげても、ぴったり似合います。」

「なのはなばたけのてんとう虫はかわいくって、おしゃれで、美しい宇宙船に見えます。黄色と赤の取り合わせが、とても美しい絵を見ているようです。」

「では、なぜ『てんとう虫』と書かなかったのでしょう。」

「宇宙船のほうが別の世界をつくっているので楽しいです。」

「てんとう虫だと見たままの風景だけど、宇宙船にたとえるとイメージが重なってどんどん広がっていきます。」

「てんとう虫の風景と宇宙船の風景と二枚の絵が見えてきます。」

「見たままの美しい風景と、たとえて創り出した美しい風景が重なって、読む人それぞれに異なった絵を描かせてくれます。」

「そうですね。てんとう虫の世界と宇宙船の世界がぴったり重なることによって、イメージが無限大に広がっていきますね。てんとう虫の世界が、宇宙船という比喩によって、全く異なった宇宙の風景に変わることによって、もう一つの別の風景を見せてくれますね。みなさんも見た風景と重なるもう一つの別の風景を描いてみませんか。」

(2)風景を重ねる絵かきさん

夏の雨

小六　古賀健治

ボテッ　ボテッ　ボテボテ
はだかの王さまが　おりてくる
ドオー　ドドッ　ドドッ
おもちゃの兵隊大行進
ジェー　スススス
空のにじ　マッチ売りの少女
夏の雨
みんな童話の主人公

川

小六　元村直子

川はおふろ
夕日のおふろ
夕日は
一日のあせを
あかあかと
川のおふろに
ながす

（拙書『詩の国は白い馬にのって』より）

ポケットの夏

小六　松本織絵

ポケットに夏が来ると
つばめがすをつくります。
空は
青いチャックでしめられます。
せみもかぶと虫も
むれをつくって
ポケットの空に
はいってきます。

（拙書『詩の国は白い馬にのって』より）

木

小六　橋本由美

春
　わたしの服ができる季節
　光る風の波にのって
　葉先がゆれる
夏
　みどりのぼうしにみどりの服
　太陽のふき矢を
　一本一本ひろげて
　銀色のうら地をつくる
秋
　七色服のファッションショー
　しなやかな風の手が
　もみじ色の服を
　きせたり　はずしたり
冬
　わたしの服はあとかたもなく消える
　だれもいない冬
　一人ぼっちの私
　ただ雪だけがわたしをつつんでくれる

（拙書『詩の国は白い馬にのって』より）

夕日

小六　松本紀子

波打ちぎわに　よせてくる……
赤い……花びら……
足をピチャピチャとぬらして
すーっ……ともどっていく。

その何万何千万の花びらが
水平線の上にあつまった時、
夕日はかあっと開く。
まっかなバラのように
いくえにもいくえにもかさなり
青い波を
ただ
ひたすらつつもうとする。

白い波のさけびを

ただひたすら聞こうとする
そして知らず知らずのうちに
海の深みへ深みへと落ちていく

まぶしい銀色のほほえみをのこして……。

（拙書『詩の国は白い馬にのって』より）

ま昼

小六　進藤栄

午後二時
光があつまる時こく
こがね虫のような光
流れ星のような光
一番星のためいきのような光
ねこの目のような光
くまばちのむれのような光
あつまる
あつまる
ぼくは光あみをかまえる
ピッカー
光はかげろうのように
ゆらゆられて
さらりとにげていく。
ぼくはぐさぐさと
あみをふりまわす。
光はうちあげ花火のように
とびちる。
気がとおくなるようなせみの声
からっぽの光かごを
しずかに机におく。
と………
光のむれはひたひたとおしよせてきて
ま夏のま昼が
へやいっぱいひろがっていく。

（拙書『詩の国は白い馬にのって』より）

「詩を書く」ということは、「わたし」の心の中に映ってくる、さまざまなものの姿やありさまや情景をとらえて、自分のことばで、もう一枚の絵を描くことだったんですね。

第三章　詩を書いて伝え合う楽しさ

自己表現

――自己発見の喜び――

「歌よ川をわたれ」を読んで

小六　藤吉ふさ子

歌よ川をわたれ
高く高く川の流れよりも　つよく
歌よ　川をわたれ
やさしく　やさしく　ちょうよりもやさしく
魚が　つれた川
住吉祭りのあった川
歌よ　川をわたれ
住吉祭りの　おとんぶねといっしょに
七つの川をわたれ
白い入道雲が　のぼった空
太陽があった空

広島の空
歌よ空をはしれ
みんなが折った千羽づるといっしょに広島をはしれ
日本をはしれ
そして、かもめといっしょになって
広い広い海をはしれ
とまることなく、はやく　はやく　はしれ……

心に夜が　くるまえに
歌よ　歌よ
みんなのこころを　つなげてまわれ
まわれ　まわれ
歌よ　歌よ

この作品は、「からたち詩集」(柳川山門三池教育会編)で三田村賞という最高の賞を受けた作品です。選者の管原杜子雄氏は次のように評しておられます。

「これは祈りにまで昇華された『原爆反対平和記念』の詩である。「原爆」とか「平和」とか「核」とか、「闘争」とか「世界」とかのコトバは一切使われていない。使用された言葉も、平凡平易なコトバである。しかし、ヌキサシならぬ言葉が、大きなリズムとなって、リズムが感動共鳴をひきおこす。一節、二節、三節と高まり、四節、五節で〝地球一杯〟にまで高揚される。そのリズムのテンポは緩急を重ねながら「川をわたり」「空をはしり」「(世界を)まわる。」全く感動的なすばらしい詩である。「詩は理屈や怒号ではない。」と言うが、こうした詩が、原爆反対や平和祈念として、三十七年間にあっただろうか。そうした意味でも感動敬服した作品である。」

(拙書『詩の国は白い馬にのって』より)

また、ふさ子さんは、この詩を書いた時の気持ちを次のように書いています。

「この詩は、題のとおり、本を読んだ感想詩です。この本は広島と長崎に落とされた原子爆弾のことについて書かれています。この本を読み終えた時、わたしの心の中は火がついたような感じで何かにこのわたしの今の気持ちをぶつけたくなりました。

この詩を書き終えた時、ほっとしました。二年間詩を書いていてこれほど詩を書きたいと思ったことはありませんでした。

わたしにとって詩とは、わたしの心の強い支えになっていると思います。詩をまだ知らない時は、自分が感動したことは川の流れのように止まることなく流れていってしまいました。

しかし、詩という大きなダムができて、わたしの感動はせき止められわたしのことば、わたしのリズム、わたしのイメージ、わたしの描き方で、わたしの心に深く刻み込むことができるようになりました。

これからも、わたしの心の支えとして、詩を書き続けていきたいと思います。」

（はばたき「二年間詩を習って」の手記より）

夕ぐれ

小六　永岡恵子

そこだけが
区切られた空間のように
すべての物事が
だまりこんでいた

葉鶏頭が一本りんと立っている。

「夕ぐれ」は、心の奥の世界をイメージで追求した永岡恵子さんの心象風景です。あたかも夕ぐれの一光景のように描かれていますが、本当は、夕ぐれの風景と恵子さんの心の奥の思いがぴったりと重なりあっているのです。

駒瀬銑吾氏（「スプーンの上にぼくが乗っていた」〈風媒社〉の著者）は、「夕ぐれ」について次のように評しておられます。

「これは〝夕ぐれ〟の状況、雰囲気というものを表現した詩であるが、題名の他には、直接夕暮れを表すような事象を示す言葉は何も使っていない。ただあるとすれば、〈すべての物事が／だまりこんでいた〉という表現である。それが、一本の葉鶏頭と対応し合って見事な夕暮れのシーンの造形となっている。そして、この情景は、即作者の心象風景とも重なっている。つまり、ダブルイメージなのである。夕暮れの風景を眺めているだけでは、あるいは、それを思い浮かべているだけでは、この強烈な詩は絶対に描けない。なぜなら、その時の自分の心理状態と重なり合っていて、はじめて思い浮かべることのできるイメージだと思うからである。」

（拙書『子ども・詩の国探検』より）

詩的イメージは、もの・ことのイメージと、表現者の心の奥にあるイメージがぴったり重なった時、全く次元の異なる新しい別のイメージとなって現れてくるのです。

だから、

1、両者のイメージを温め、発酵させ、とらえる。（新しい発想）

2、とらえたイメージを動かし、広げる。（新しいイメージの展開）

3、組み立てる（新しい構築）

4、ことばを選ぶ（新しいことばの結び付き）

5、表現し推敲する（新しい表現のしかた）

という道筋を通って自己の世界を書き表すことになります。

「「歌よ川をわたれ」を読んで」の藤吉ふさ子さんの場合は、読書している時が、1にあたりましょう。そして、読後の感動と自分の新しいイメージが重なった時、この思いを表現したいという欲求に火がつき2、3、4、5と一気にペンが走ったのでしょう。そして、詩を書いた後、自分の思いを自分のイメージで思いっきり表現できた喜びが、「ほっとしました」という言葉になったのでしょう。

「夕ぐれ」の永岡恵子さんの場合は、自分の心の奥の思いを夕ぐれの「すべての物事がだまりこんでいた」世界とを重ねることによって、自分の心の奥の世界をとらえているような気がします。りんと立っている葉鶏頭に、りんと立っている自分の姿を重ねているような気がします。つまり、

「葉鶏頭が一本りんと立っている。」の中には

「わたしが　一人　りんと立っている。」姿が重なっているのです。その姿は、そのような自分でありたいという願いのイメージでしょう。このイメージを確かに感じとった時、恵子さんは、自分のあるべき方向に気づいたのではないでしょうか。このように詩的イメージには、もの・こと・自分のあり方を先取りしてよりよい方向やよりよい自分のありようを描き出す力があるのです。詩力といってもいいでしょう。

この詩力（詩的イメージ力）を身につければ、

自己表現の喜びを味わうだけでなく、外界と融合したよりよい自己を発見する喜びも味わっていくことができるのです。

あとがき

「ことばさん　うふふ」

を見つけた時、もう詩のことばが生まれています。

「うふふのことば」

を並べていくと自分なりのイメージが紡ぎ出されてきます。

「えっ、なるほど」

というイメージをとらえれば、自他共に驚くような新しいイメージ発見になります。

「新しいイメージ　うふふ」

の時、詩が生まれるのです。詩的感動を味わうのです。

この感動を味わった時
「詩さん　うふふ」

になるのです。

「詩さん　うふふ」

になったら、もう、自分の思いやまわりのもの・ことを新しいイメージと重ねて、自己表現したくなります。

詩を書きたくなります。

「Wイメージさん、うふふ」

になるのです。そして、詩を書いて
「ほっとした」

「すっきりした」

「楽しかった」

「優しい気持ちになれた」

「以前の自分と違ってきた」

等々の自己発見・自己変容をしていくのです。

「詩は、人生のパートナー、うふふ」

になるのです。

皆さんたちも
「うふふの詩づくり」

を楽しんでみませんか?

そして、時には、柳川の白秋祭献詩に応募してみませんか?


本書の出版に当たっては、銀の鈴社の編集長さんはじめスタッフの皆さんに多大のご助力をいただきました。編集長さんには、私の詩の世界とぴったりの表紙絵やさし絵を描いていただきました。ありがとうございました。

二〇〇九年一〇月吉日

白谷　明美

■白秋祭献詞の応募先■
柳川市教育委員会　学校教育課　教務係
〒832−8555　福岡県柳川市三橋町正行431番地
電話　0944−73−8111　直通　0944−77−8863

著者紹介

白谷　明美（しらたに　あけみ）
1940年生まれ
1960年　福岡学芸大学修了
1966年　玉川大学文学部教育学科（通信教育課程）卒業
1960年～2000年　みやま市、柳川市小学校勤務
2000年～2005年　筑後市教育研究所指導員
2005年～　　　　九州産業大学非常勤講師
著　書　「詩の指導～鑑賞と創作～」（共著・光村図書出版株式会社）
　　　　「新しい詩の創作指導」（共著・明治図書）
　　　　「子ども・詩の国探検」（教育出版センター）
　　　　「詩の国は白い馬にのって」（銀の鈴社）
住　所　福岡県柳川市常盤町二番地

阿見みどり（あみ　みどり）
1937年長野県飯田生まれ。都立白鴎高校を経て東京女子大学国語科卒業。卒業論文は「万葉集の植物考」。日本画家長谷川朝風（院展特待）に師事する。
神奈川県鎌倉市在住。本名　柴崎俊子。
画集：「阿見みどり 万葉野の花水彩画集」Ⅰ～Ⅶ（銀の鈴社）
　　　「さらりと描く やさしい花のスケッチ帖」（日貿出版社）

NDC375　白谷明美（しらたに　あけみ）
東京　2009　　銀の鈴社
140頁　21㎝

詩が生まれるとき 書けるとき
だれにでもできる楽しい詩のつくり方

2009年11月3日　初版発行
定価：本体価格 1,200円＋税

著者──白谷明美©
発行者／柴崎聡・西野真由美
発行／銀の鈴社　〒248−0005　神奈川県鎌倉市雪ノ下3−8−33
TEL0467−61−1930　FAX0467−61−1931
http://www.ginsuzu.com　info@ginsuzu.com

印刷／電算印刷　　製本／渋谷文泉閣
ISBN978-4-87786-338-8　C0037
落丁・乱丁本はお取り替え致します。